江户川乱步全集·明智小五郎系列

魔术师

〔日〕江户川乱步 著

叶荣鼎 译

山东画报出版社

图书在版编目（CIP）数据

魔术师 /（日）江户川乱步著；叶荣鼎译. --济南：山东画报出版社, 2022.3
（江户川乱步全集·明智小五郎系列）
ISBN 978-7-5474-3942-5

Ⅰ.①魔… Ⅱ.①江… ②叶… Ⅲ.①推理小说 - 日本 - 现代 Ⅳ.①I313.45

中国版本图书馆CIP数据核字（2021）第132472号

MOSHUSHI
魔术师
〔日〕江户川乱步 著　叶荣鼎 译

责任编辑　怀志霄
封面设计　光合时代

出 版 人　李文波
主管单位　山东出版传媒股份有限公司
出版发行　山东画报出版社
　　　　　　社　　址　济南市市中区舜耕路517号　邮编 250003
　　　　　　电　　话　总编室（0531）82098472
　　　　　　　　　　　市场部（0531）82098479　82098476（传真）
　　　　　　网　　址　http://www.hbcbs.com.cn
　　　　　　电子信箱　hbcb@sdpress.com.cn
印　　刷　山东新华印务有限公司
规　　格　787毫米×1092毫米　1/32
　　　　　　7.5印张　106千字
版　　次　2022年3月第1版
印　　次　2022年3月第1次印刷
书　　号　ISBN 978-7-5474-3942-5
定　　价　38.00元

如有印装质量问题，请与出版社总编室联系更换。

译者序

红极一时的日本动漫《名侦探柯南》的作者漫画家青山刚昌，孩提时代曾是江户川乱步的超级追星族，他笔下的主人公江户川柯南的姓就取自日本推理文学鼻祖江户川乱步，名则取自英国的柯南·道尔。

日本作家历来都有用笔名的传统，江户川乱步本名平井太郎，早年就读于早稻田大学经济学专业，江户川就在早稻田大学旁边。巧合的是，"江户川"的日式英语发音"edogawa（爱多嘎娃）"，与"Edgar a-（埃德加·爱）"的发音极其相似；

"乱步"的日式英语发音"ranpo（兰波）"，与"llan Poe（伦·坡）"的发音又十分相近，故而决定以"江户川乱步"为笔名。从此，这个名字陪他度过了四十年推理文学创作生涯，也成为日本推理文学史上不可逾越的高峰。

1923年，乱步在《新青年》杂志上发表处女作《两分铜币》，引发轰动。当时的编者按这样写道："我们经常这样说，《新青年》杂志上总有一天将刊登本国作者创作的侦探小说，并且远远高于欧美侦探小说的创作水平。今天，我们终于盼来了这一兴奋时刻。《两分铜币》果然不负众望，博采外国作品之长，水平遥遥领先于外国名作。我们深信，广大读者看了这篇小说后一定会深以为然，拍案叫绝。作者是谁？是首位登上日本侦探文坛的江户川乱步。"

1925年，乱步发表小说《D坂杀人事件》，成功塑造了日本推理文学史上的第一位名侦探——明智小五郎。其后，他又陆续创作了《怪盗二十面相》《少年侦探团》等脍炙人口的作品，其中的"怪盗二十面相""少年侦探团"等角色已经突破了类型文学的束缚,成为世界文学史上的典型形象,先后多次被搬上各种舞台,改编成各种各样的影视、动漫作品。

第二次世界大战爆发后,江户川乱步因作品被禁止出版,投笔抗议,公开发表《作者的话》:"我撰写的小说主要是把侦探、推理、探险、幻想和魔术结合在一起,让读者富有想象力和创造力。人类必须怀有伟大的梦想,经过不断的努力,才会创造出伟大的时代。没有梦想,没有幻想,就没有科学。历史已经证明,科学的进步多取决于天才的幻想和不懈努力。科学进步了,人民才会过上好日子。可是今天的战争,毁掉了科学,毁掉了人民的梦想,日本人民将会被一个不剩地当作炮灰,却还是避免不了失败的结局。"

1947年,日本侦探作家俱乐部成立,乱步被推举为主席。俱乐部在1963年改组为日本推理作家协会,至今仍是日本最权威的推理作家机构。1954年,乱步在六十大寿之际,个人出资100万日元,设立"江户川乱步奖",用以激励年轻作家。在之后的半个多世纪里,以东野圭吾为代表的一大批优秀的日本推理文学作家通过这个奖项脱颖而出，他们的成绩也使得"江户川乱步奖"成为日本推理文坛最权威的大奖。

1961年，为表彰乱步在推理文学界的杰出贡献，日本政府为其颁发"紫绶褒勋章"（授予学术、艺术、运动领域中贡献卓著的人）。1965年，乱步突发脑出血去世，获赠正五位勋三等瑞宝章。为纪念乱步，名张市建有"江户川乱步纪念碑"与"江户川乱步纪念馆"，丰岛区设有"江户川乱步文学馆"，供日本与世界的爱好者与学者瞻仰和研究。

《江户川乱步全集》作为乱步作品之集大成者，先后出版了多个版本，加印数十次，总印数超过一亿册，迄今已有英、法、德、俄、中五大语种版本问世。衷心希望诸位读者能够通过这一版的中文译本，回望日本推理文学的滥觞，领略一代文学大家的风采。

是为序。

2021年元旦于上海虹桥东华美寓所

目 录

预　感 / 001

先　手 / 005

纸　条 / 010

红　猫 / 017

手　印 / 026

人　头 / 033

小　屋 / 037

面　具 / 042

溺　亡 / 052

8 / 060

笛　声 / 066

钟　塔 / 075

大　钟 / 080

洋　子 / 086

魔　术 / 093

音　吉 / 101

替　身 / 109

交　易 / 118

电　影 / 127

遗　书 / 136

访　客 / 144

营　救 / 148

三　次 / 155

末　路 / 164

毒　蛇 / 171

噩　梦 / 176

隔　帘 / 186

凶　手 / 195
真　相 / 206

江户川乱步年谱 / 211
译后记 / 225

预　感

　　蜘蛛男事件后的第二天，为了逃避媒体的扰攘，大侦探明智小五郎乘上列车逃离了东京，甚至没有参加警视厅举办的庆功宴。

　　在S站，明智下了车，拦了一辆出租车直奔湖畔宾馆。秋日的湖水映衬着碧蓝的天空，显得越发明亮清澈。早晚凉爽的天气非常适合身心俱疲的明智休养。他在宾馆度过了一段轻松惬意的时光。每天上午，明智都会划着宾馆的小艇在湖上游荡，在他的船头，总会有一个孩子的身影。

　　岸上，宾馆的露台上，一个年轻女子正微笑着看向小艇。那是玉村妙子,东京大宝石商玉村善太郎的女儿,她从信州回东京的途中来这里见一位中学时代的好友。小艇上的孩子叫进一,是玉村家的养子。

明智与妙子很投缘,经常一起去餐厅用餐,一起去宾馆外面的林荫小道散步,当然也会一起泛舟湖上。短短几天时间,明智已经深深地爱上了这位年轻美丽、聪明可爱的姑娘。

"喂,喂,清醒一点吧,做什么白日梦,你都快四十岁了,连个像样的正经职业都没有,妙子可是东京有名的大富商的爱女,怎么可能看上你这种家伙。"

这几天,明智总是辗转反侧,并且决定第二天一早就离开,但又总是鬼使神差地留了下来。终于,这个问题被妙子的父亲解决了。他打来电话,让女儿早点儿回东京。尽管也十分不舍,但妙子还是在接到电话的当天就收拾行李出发了。

妙子离开之后,明智还是每天在湖上划船,但满脑子都是妙子曼妙的身影、甜美的声音。随着时间一天天流逝，所有的这一切反而越发清晰起来。两人之间的各种话题自然也被明智反复回味。妙子总是开朗活泼，十分健谈，只有一次，她的态度判若两人，说了一些非常不愉快的事情。不知为何，那些不着边际的话一直萦绕在明智的脑海里，成为最为清晰的片段。

当时小艇停靠在一处湖岔里，岸边都是郁郁葱葱的长青树木，偶有些杂树的红叶点缀其间。妙子坐在小艇上，突然说出一段莫名其妙的话来：

"这件事或许像梦一样毫无根据，不过我自小就经常有一些不可思议的预感。母亲是五年前去世的，实际上我在她去世的半年前就已经预见到了这结果。最近我又有了这种预感，过不了多久，我家里就会有可怕的事发生。这种预感十分强烈，就像被人死死按在水里快要窒息的感觉。"

"姐姐，你又在说那种骇人听闻的事！"

进一听妙子这么说，害怕得嚷了起来。

"那到底是什么预感呢？"

妙子的话让明智大吃一惊，连忙追问道。

妙子满脸惊恐，压低了声音说：

"一大片莫名其妙的乌云仿佛有了生命，以惊人的速度朝我们家移动，很快就遮蔽了我们头顶的天空。早在两三个月前，我就一直在这种恐怖的预感中苦苦挣扎，总觉得有魔鬼在诅咒我们，我们全家仿佛都成了怪物的饵食。"

"为什么会有这样的预感呢，有什么征兆吗？"

"没有，没有任何根据，所以才更觉得可怕啊。"

当时妙子并不知道眼前这人就是著名的大侦探，刚刚破获了蜘蛛男一案的明智小五郎，她只是想让明智帮她拿个主意，或者，只是需要一个倾诉的对象。但是对于这种没有一点现实依据的东西，明智无论多么智计过人也实在是无从下手。就在这时候，妙子接到了父亲催促她回东京的电话。

先 手

玉村妙子离开后的第三天下午,东京的中村警部突然打来电话。

"喂,喂,是明智君吧?你知道那个叫福田得二郎的大实业家吧?最近他那里发生了一件不可思议的事件,他想要委托你,求我打电话请你赶紧回东京。这事不是一两句话就能说清楚的,不过我保证绝对不会让你失望。事件非常错综复杂,在我看来,与其警方介入,倒不如请你出马。我知道你难得休假,但这事十万火急,不得不打扰你,请你原谅。希望你最好能今晚赶回东京,拜托了……"

"中村君,这次委托恕我不能接受。长时间的海外旅行再加上蜘蛛人一案,我已经进筋疲力尽了。请允许我再休息一段时间。福田先生那里,请你代我婉言谢绝。"

"这……其实,你在这家宾馆休假,是我从玉村妙子小姐那里打听来的。她也拜托我一定要请你回来商量商量。"

"什么?你说玉村妙子?她跟这事有什么关系?"

明智一听到玉村妙子的名字,立即来了精神。

"是这样的,福田得二郎先生是玉村妙子小姐的父亲玉村善太郎的亲弟弟,也就是妙子小姐的叔父。"

"原来如此。我和妙子小姐甚是投缘,没想到这位福田得二郎先生是她的叔父。"

"是的,福田先生就是从妙子小姐那里得知了你的事情才会想委托你这件事的。怎么样,赶紧回来吧。"

"好,我这就回去。下午两点十分从宾馆出发,有一班七点半到达上野的列车。嗯,就这么决定了。"

明智一口答应下来。

"那好,我这就转告福田先生。他会派车去车站接你。"

一挂上电话,明智就开始收拾行李。说是收拾,也只有随身的一个行李箱而已,明智胡乱地把东西塞进箱子里,结了房费,就急匆匆地往S车站赶去。

在火车上,伴随着单调的"咔嚓咔嚓"的声音,玉村妙子的音容笑貌占据了明智的全部思绪。他不由得又想到了两人最后一次谈话,玉村妙子那可怕的预感。

"也许,她的预感是对的……"

虽然对委托的具体内容还一无所知,但他已经产生了浓厚的兴趣。

七点三十分,列车准时到达上野车站。

明智一出检票口,早已等候多时的司机赶忙迎了上来。明智是经常出现在各大报纸上的大名人,所以一点也不用担心认错人。

"您就是明智先生吧?是福田先生派我来接您的。"

"哦,辛苦了。车停在哪里?"

"在这里,请。"

司机走在前面为明智带路,把他带到了停车场,朝一辆高级轿车走去,打开车门后恭恭敬敬地请他上车。

明智右脚刚跨进车里,一种近乎本能的直觉告诉他危险就在眼前。他不由得赶紧缩回左脚想要退出来,可惜终究还是晚了一步。一直恭敬有加的司机从后面用力一推,副驾驶席上的家伙也顺势一把死死抓住了明智的手。

"你们要干什么?"

明智大喝一声,想要起身反抗,可司机已经扑了上来,右拳狠狠地打在他的胸口。这是柔道的招数,这家伙显然是个中高手。猝不及防之下,明智结结实实地挨了这一拳,只觉得眼前一黑,就软瘫瘫地倒在了后座上。

车站广场拥挤不堪,而且天色已黑,根本没有人注意到车里激烈却短暂的搏斗。司机关上车门,迅速跳上驾驶席,径自驶上大路扬长而去。

这显然是歹徒设下的圈套，他们先下手为强，将他们最大的敌人、大侦探明智小五郎俘虏了。他们绝非等闲之辈，他们将要实施的犯罪也肯定绝非寻常。但是知道明智乘这班列车回东京的只有作为委托人的福田先生一家和中村警部，他们又是从何得知的呢？

纸　条

福田别墅坐落在东京西北角一处闹中取静的街巷，现任户主福田得二郎原本是玉村妙子的父亲玉村善太郎的胞弟，很小的时候就被拥有相当财产的福田家收作了养子。他现在已经是小有名气的实业家，在好几家企业担任重要职务。

虽然事业有成，但福田得二郎的家庭生活十分不幸，养父母和妻子先后去世，又一直没有子嗣，所以现在可以说是孑然一身。不过，脾气有些古怪的他反倒十分中意这种冷清的生活，所以一直没有续弦，就和几个用人生活在这栋宽敞的西式宅院里。

平日里,他整日闭门不出,除一日三餐外,就连家里的用人也很少能见到他。每天天一黑就上床睡觉,在那之前一定要把房间的门窗都从里面锁上。他的房间是内外两间,里间是卧室,外间是书房。

一天早晨,福田得二郎像往常一样睁开眼睛。发现身上盖着的毛毯上放着一张纸条,伸手拿过来一看,在这张打字机用的纸上写着几个潦草的铅笔字:

　　十一月二十日

除此之外再也没有其他什么东西了。这是谁写的?放在这里到底是什么意思?他完全捉摸不透。

这张纸条肯定是什么人在夜里趁他熟睡的时候偷偷潜进来放在他身上的。但这是不可能的事啊。

"真是怪事。"

福田得二郎这样想着下了床,再次仔细检查了所有的门窗,没有发现任何可疑之处。他又找来家里的用人询问,答案可想而知,所有人都说不知道这回事，都没有进过房间，更不知道纸条的事。

福田得二郎虽然不甘心，也实在没有什么办法，只好这样不了了之。

第二天早晨，福田得二郎醒来后先往昨天放纸条的位置扫了一眼，随即不由得打了一个激灵——还是相同的位置，还是相同的纸，笔迹一模一样，只是上面的内容比昨天更为简单：

十四

门窗还是紧闭着，用人们也还是什么都不知道。纸条、笔迹，找不出什么可以成为线索的东西，也想不起来他认识的人里面有谁是这种笔迹。

"真是见了鬼了。"

连续两天出现了诡异的纸条，福田得二郎这下可不能对此不闻不问了。

然而神秘的纸条并没有就此结束，接下来的几天，福田得二郎每天早晨醒来时，都会发现同样的纸条，仍是只有简单的数字：十三、十二、十一、

十、九……

数字逐日递减。

福田得二郎不得不提高了警惕,每天晚上睡前更仔细地锁好门窗,但是纸条还是每天早上出现在相同的位置。

当数字变成"九"的时候,福田得二郎终于受不了了,叫来了侄子二郎来家商量对策。二郎是玉村善太郎的次子,玉村妙子的哥哥,就读于一所私立大学,整日无所事事,靠阅读推理小说打发时间,一直梦想着有朝一日像大侦探福尔摩斯那样,依靠自己的力量侦破一起惊世大案。

"您不必太在意这些无关紧要的小事,肯定是什么人在恶作剧。"

福田得二郎忧心忡忡地讲述事情的经过后,二郎就像没事似的笑着说。

"嗯,我起初也是这么想的。但如果只是恶作剧的话,是不是有点过分了?真的有人会只为了这个就费尽心思搞出这种毫无意义的花样吗?而且门窗都是从里面锁上的,这家伙是怎么进来的?一想到这个我就感到毛骨悚然。"

福田得二郎一脸严肃，丝毫没有开玩笑的心情。

"可是，只是每天晚上送来一张纸条又能怎么样呢？也不会对您造成任何实质性的伤害，我还是觉得不用管它。"

"话不能这么说。你看看这些纸条，一开始写的是'十一月二十日'，第二张纸条写的是'十四'。从第三张开始逐日递减，今天已经到了'九'。对了，今天是几号来着？"

"是十一月十一日。"

"你想一想，十一加九，正好是二十，也就是十一月二十日吧？然后纸条上的数字逐日递减，简直好像可怕的倒计时，对我说'喂，只剩下九天了'。"

听了这番话，二郎终于也不能不承认事有蹊跷了。他想了想，又问：

"那您觉得这是在为什么倒计时呢？"

"是啊，我也不清楚，就是因为不清楚所以才更可怕啊。我不记得自己跟什么人结过仇，所以根本想不出到底是什么人要这么做。但我总觉得那人这样做的目的就是先让我恐惧不安,在精神上折磨我,然后再来找我报仇。"

"报仇?"

"就是说十一月二十日就是杀我的日子……"

"哈哈哈……叔叔,您呀,别总是想那种不着边际的事情。现在都什么年代了,怎么还会有人用那么老套的方式复仇。不过既然您这么放心不下,今晚我就留在这里,在您的房间周围放哨,要是那家伙还敢来,就把他抓起来。"

二郎的决定正是福田得二郎所盼望的。

说干就干,天一黑,二郎就带上手电,在叔叔房间外的院子、走廊上来回巡逻,一夜没睡,直到第二天天亮。

"叔叔,怎么样?昨晚可是连只猫都……"

话说到一半,二郎忽然愣住了,只见福田得二郎的手里正拿着一张新的纸条。

"你看这个,还是出现在相同的位置……我昨晚一直没睡,就等那家伙现身,可天快亮的时候,不知怎的就打起了瞌睡。肯定就是那时候,那家伙又趁机溜了进来,把这张纸条……唉,太不可思议了!"

纸条上按照顺序写着"八"。如果按照福田得二郎的推断,这就意味着"只剩下八天了"。

事情到了这个地步,二郎也动真格的了,索性在福田家住了下来,寄宿生也被发动了起来,连着几个晚上彻夜巡逻。但是神秘的纸条还是每天如约而至,上面的数字一天天递减,当数字变成"三"时,叔侄二人都坐不住了,都极为烦躁不安。

不得已,在二郎的劝说下,福田得二郎终于决定向警方求助。他找到了多年的老友,警视厅的中村警部。回到东京的玉村妙子也从哥哥的口中得知了事情的经过,委托明智小五郎就是她的提议,中村警部当即表示赞成。

红　猫

从中村警部那里得知明智会在晚上七点半到上野车站后，福田得二郎马上拜托一位认识明智的警官开车赶往上野车站代为迎接。中村警部也在电话里约好了稍后赶到。

快八点的时候，接站的警官无功而返：

"对不起，我没接到明智侦探。不知怎么回事，我和司机的手表都慢了十五分钟，等我们赶到车站的时候，七点半那班车的乘客都已经走了……"

警官一脸的不可思议。

后来发现，福田别墅里所有的钟竟然都慢了

十五分钟。

这事显然非同寻常,福田得二郎马上打电话向中村警部报告,并且问他知不知道明智去哪儿了。

"就是这样,因为所有的表都被调慢了十五分钟,我们没能接到明智先生。他是不是去了您那儿?"

"不,他没来这里。即便没见到接站的车,他总该打个电话问问的。要不就是他没赶上那班车。说不定他改搭明天早晨来东京的车了吧。那样的话也不要紧,我们就等到明天早上再说吧。"

中村警部漫不经心地答道。

那天晚上,除二郎外,福田得二郎把去车站接明智的警官也留了下来,然后放心地睡下了。他也好,中村警部也好,都没有意识到危险已经迫在眉睫,因为他们都相信,纸片上的数字是"三",也就是说,即便福田得二郎的担心是真的,也还有三天时间,在纸条上的数字变成"一"或者"零"之前,是不会有危险的。所以即便明智晚到一天也不是什么大问题。

但歹徒未必那么守信用。那些家伙不知从哪里打探到了明智即将赶回东京的消息,抢在事件发生前就控制住了明智。他们当然知道明智回来是要干什么,正因为如此,更不会愚蠢地等到十一月二十日,等警方按部就班地布置好警戒网。

二郎和那位警官就睡在二楼的客房中,既然之前几天彻夜巡逻也无济于事,还不如好好睡一觉。而且他们也都认为,反正还有三天,在那之前,顶多会多出几张纸条来而已。

但就在那天晚上,也就是十一月十七日夜里,距离大家以为的倒计时还有三天的时候,骇人听闻的凶案发生了。

二郎在睡梦中被一阵奇怪的笛声吵醒,侧耳细听,声音好像来自楼下福田得二郎的卧室。虽然好像只是随意吹奏,不是什么成曲的调子,但那里面似乎包含了难以名状的悲伤。

福田得二郎根本不会吹笛子,更何况是在这种深夜,任谁都不会选在这种时候吹笛子吧。

"是不是错觉……不,确实听见了。好像在梦中……不,不,千真万确是笛子的声音,是从叔叔卧室里传出的。莫非……"

想到这里，二郎仿佛被人从头到脚浇了一盆冷水，在被窝里瑟缩成了一团。

不一会儿，笛声停止了，再也没有任何声音。

二郎赶紧推醒睡在旁边的警官。

"好像发生怪事了，跟我一块儿下楼去看看吧。"

于是，两个人迅速穿上衣服下楼，那名警官还带上了手枪。

整个宅院一片死寂，两人借着昏暗的月光来到楼下福田得二郎的房间门外，提心吊胆地推了一下房门。房门从里面上了锁，根本推不开，但两人此时都有了一种不好的预感。

"叫叔叔起床开门吧。"

"对，还是慎重点好……"

警官表示赞同。于是，二郎"咚咚咚"地敲门，大声喊道：

"叔叔，叔叔！"

就这么又是敲门又是喊，房间里却一点反应也没有。

"不好……"

二郎脸色铁青，一副不知所措的样子。

"钥匙孔，快从钥匙孔往里看看。"

毕竟是警官，这种时候还能保持冷静。

被他这么一提醒，二郎赶紧趴在钥匙孔上朝里窥视。

"血，房间里有血！"

"什么？快，快把门撞开！"

窗外都装着铁栅栏，拆卸需要工具和时间，十万火急，只有破门而入了。

二郎跑到走廊上，叫醒其他人找来斧子，然后抡起斧子朝门上砸去。这一番吵闹把家里的所有人都吵醒了，用人们都赶了过来。

门非常结实，两个用人帮着轮番砸了好一会儿，总算传来木板吱吱嘎嘎裂开的声音，门上开出了一个大洞。

二郎、警官和用人们一起凑了上去，就在这时，一团红色从里面蹿了出来，大家急忙闪到一旁。

那是一只红猫。不,不是红猫,是福田得二郎喂养的白猫,全身的白毛都沾满了血,才会变成这个样子。它显然受了惊,跳到走廊上之后不住地抖动身上的毛,于是鲜红的血点就飞溅到了走廊雪白的墙壁上。它应该不知道主人已经死了,所以才会在得二郎的尸体上蹭上了这么多血,不仅如此,它应该还舔过得二郎,所以嘴巴里也是一片鲜红,连牙齿都染成了红色。此时,它正不停地舔着嘴巴。

"喵——"一声瘆人的叫声之后,这只红猫蹿进了院子里的夜色中,只留下一串鲜红的脚印。

众人回过神来,再次凑到门前朝里张望。房间里亮着灯,得二郎穿着睡衣的下半身倒在地上。不可思议的是,尸体周围撒满了美丽的野菊花。花的香味在房间里飘逸,仿佛有谁在悼念死者。

"叔叔!"

二郎急忙把手从门上的破洞伸了进去,反手拧开了门锁,打开房门走了进去。警官和寄宿生紧随其后。他跌跌撞撞地来到尸体的脚边,探身看向之前被遮挡住的尸体的上半身。顿时,他愣在当场,脸上的表情极不自然,嘴巴虽然在动,但已经发不出声音了。

"怎么啦?"

警官急忙跑过去,扶住了二郎直挺挺倒下的身体,同时看向床上。

"啊!这……"

"好多了,谢谢。"

过了一会儿,二郎醒了过来,但说起话来仍然有气无力。不光二郎,警官、寄宿生,一个个都脸色惨白,不发一语。用人们更是连房门都没敢进。

"丧心病狂!实在是丧心病狂!"

终于,警官开口了。他背对着尸体,嘶哑的声音像是硬挤出来的。

尸体肩膀以上的部分都不见了,只剩下躯干。

凶手为什么要砍下得二郎的头?又带到哪里去了?即便是报仇,只要杀死对方不就达到目的了吗?难道还会有人像古代的义士那样,杀人报仇之后还要割下仇人的脑袋吗?不仅如此,满地的野菊花、悲怆的笛声,这一切都是那么古风十足,又那么血腥诡异，完全是芳年的画。

此外，凶手是怎么潜入门窗紧闭的房间的？又是怎么带着死者的头逃离现场的？这可不是一张纸条那么简单了。

这些显然不是在场的众人能够解开的谜团，但身为警察，那名警官有必须完成的任务。他深呼吸了几次，稳了稳心神，再次来到那具诡异的尸体旁边，仔细检查了肩膀上惨不忍睹的创口。创口虽然达不到外科医生的水准，但也已经相当整齐了。下面的地毯上，血流了一地，已经开始凝固了。

警官小心翼翼地检查，尽量保持现场完整，又仔细查找了床下和家具后面。他觉得，死者的头很有可能被凶手藏在了这个房间里的某个地方。但一番查找一无所获，不要说人头了，连可以称得上线索的东西都没有找到半点。

警官立刻打电话向警视厅报告，一个小时后，中村警部带着两名部下赶来了。在这期间，警官又先后调查了房门和院子里的情况，试图在院子里找到可疑的脚印，还给用人们录了口供。但凶手一点线索都没有留下：院子里地面干燥，不会留下任何脚印；门都锁得好好的；用人们更是一问三不知。

中村警部赶到现场时，附近警署派出的警官和福田得二郎的胞兄、宝石商玉村善太郎已经到了，二郎的哥哥玉村一郎也跟父亲一起来了。别墅里挤满了人，但没有一个人开口，大家就这么默默地站着，一片死寂。

手　印

中村警部赶到后，立即着手调查现场，找到了两条线索。

一是福田得二郎生前藏在暗橱里的一颗昂贵的宝石被盗走了。这条线索，是一起参加现场调查的玉村善太郎提供的。

那颗宝石是玉村商店在欧洲的宝石市场上高价购得的，福田得二郎见到后被那耀眼的光芒迷住了，就让哥哥原价转让给了他。说是原价，也已经近乎天文数字了。如今这颗宝石就像福田得二郎的头一样不翼而飞了。

二是卧室墙上有巨大的血手印，很可能是凶手留下的。

"我们怎么会没有发现呢？"

玉村二郎无论如何也想不通。

"这手印的位置实在太高了。通常，手掌接触的位置都是在眼睛的高度之下，所以大家一般都不会留意上面的情况。我们总是仔细往下查找，就连床底下也不会错过，但天花板就很少留意了，有时候连墙也会忽略。用明智的话说，这是心理上的盲点。即便我们专业的搜查人员，一不留神也会因为疏忽导致不可挽回的失败。再加上手印的位置正好在电灯上面的阴影里，跟墙纸的花纹和颜色掺杂在一起，所以你才会没有发现。"

尽管如此，留下手印的位置实在是太诡异了，中村警部和玉村二郎要伸长手臂才能勉强够着。不仅如此，那手印实在太大了，中村警部粗略地估计了一下，至少要比普通人的手掌大一倍半。这一发现令玉村父子大为震惊，不由得面面相觑。

"从这个手印看，凶手的身高至少在两米以上，简直是个巨人。"

"不会吧？如果真是那么庞大的怪物，怎么能够悄无声息地进出这密室般的房间呢？真是捉摸不透啊……"

大家交头接耳，议论纷纷，想象着凶手的模样。

很快，第三个发现从另一个方面证实了中村警部的推断。

警方在深夜的紧急出动惊动了新闻媒体，各报社的社会新闻记者一下子都拥到了福田别墅的大门外，希望能够挖到什么轰动性的新闻线索。其中一个记者凭借敏锐的直觉发现了一个重要线索，并报告给了中村警部。

福田别墅门前有自家的专用道路，此外就是一片空地。空地的一角有一间简陋的小屋，是流浪汉挤在一起过夜的地方。那个记者花了一点小钱，从一个流浪汉嘴里得到了重要的情报。

"你知道福田别墅发生了凶杀案吗？"

"刚才，外面突然变得很热闹，我想可能发生了什么，一打听才知道是别墅的主人被杀了。"

"你一直住在这里吗?"

"是的。"

"今晚有没有什么特别的事情发生?"

"我正好起夜,迷迷糊糊地看到一个巨汉跑了过去,那速度,简直像飞起来一样,一眨眼就不见了,我还以为自己在做梦呢。我从来没见过那么高大的家伙。搞不好就是那家伙杀了人吧。什么?脸?当然没看到了,天那么黑。不过那家伙好像是个秃子。"

这是一条极其重要的线索,接到记者报告的中村警部马上找来那个流浪汉,详细地录了口供。但除了知道嫌犯是个身高两米的大块头,穿着宽大的黑色斗篷,脸上好像还蒙了黑布之外,就没有什么更进一步的线索了。特别是问到那人手上是否提着包袱之类的东西时,那流浪汉说一点印象都没有。毕竟当时夜色深沉,他又不是十分清醒。

可是,不管是血手印也好,秃头大汉也罢,所有这些听起来都像是暧昧不清的奇谈。在确认凶手来自外部之前,首先还是要排除别墅内部的人行凶的可能性，毕竟案发时所有的门窗都是紧闭的。

寄宿生、老管家、两名女佣、司机和助手等六人，都受到了警方严格的盘问。同时检查了他们的行李和随身物品，结果六人的嫌疑被一一排除，福田得二郎的人头和那颗价值连城的宝石依然下落不明。

"宝石不翼而飞，可以确定这是一起盗窃案。问题是，罪犯在盗走宝物时杀了人，使案件的性质发生了根本变化。太可恶了！"

"嗯，罪犯不仅杀了人盗走了宝物，还残忍地割下死者的人头带走。我觉得，罪犯不是为了盗窃宝物而杀人的。杀人才是第一目的，盗走宝物不过是顺手牵羊而已。"

"这么说，凶手与福田得二郎之间有深仇大恨。"

中村警部和其他警官们经过讨论，如此推断。

"可是，我弟弟生前没有跟任何人结那样深的仇啊！"玉村善太郎反对道，"这个姑且不论，他生前从不认识这种身高两米的魁梧巨汉啊。"

福田得二郎生前与哥哥玉村善太郎十分亲密，

相互间十分了解。长期受雇于福田家的用人们也证实了玉村善太郎的说法。

凶手到底是谁？为什么要杀害福田得二郎？为什么还要割下他的头带走？为什么撒野菊花？为什么要吹笛子？凶手是怎么潜入门窗紧闭的卧室，又是怎么逃之夭夭的？这一切都像不可解的谜，中村警部等人完全不得要领，也就无法制定对策和下一步的行动计划。

"看来，还是只能仰仗明智了。"

中村警部如此认定。

回到警视厅后，中村警部彻夜未眠，天一亮就给那家湖畔宾馆打去了电话。眼下，他急切盼望明智小五郎赶回东京，哪怕提前一分钟也好。

当听到电话那头出人意料的回答后，他不由得惊呼出声。

"明智先生昨天就乘列车回东京了啊。"

"什么？你这消息确实可靠吗？可是……我们去车站接他的车是空着返回的。"

"不会弄错。根据列车时刻表，明智先生昨晚七点半就到上野车站了。"

挂断电话之后，中村警部半晌无言，他需要时间消化刚刚听到的消息。如果宾馆经理所言属实，那么明智小五郎就是在S车站和上野车站之间凭空消失了。是在列车上还是在站台上呢？难道他被人绑架了？也许还要更严重得多。

这一消息很快传开了，警视厅如临大敌，立即出动大批警力寻找明智小五郎的下落。就在警视厅兴师动众的时候，又发生了一起史无前例的离奇案件。

人　头

　　福田别墅凶杀案发生后的第二天早晨九点左右。

　　寒意渐浓的秋天，宽阔的隅田川上只有偶尔驶过的一两艘货船，早就不见了夏日游船的踪影。被称为水上巴士的蒸汽船满载乘客，在平静的水面上划开一条白线，翻着浪花远去了。

　　白须桥上站着三四个人，手扶栏杆俯看河面，好像在看什么有意思的东西。

　　"瞧！那老人身子骨还真硬朗，这么冷的天还能下河游泳。"

穿着咖啡色裤子的青年坐在自行车上大声说道。

他旁边穿着皱巴巴的西装的中年男人也附和说：

"嗯，不过冬游是不是还早了一点。那么大年纪，说不定是相当有名的游泳教练呢，虽说报纸上还没报道过类似的新闻。"

桥上和岸上，驻足观望的行人越聚越多。只在水面上露出脑袋的老人距离白须桥只有十多米远了，他好像只是漂浮在河面上，随着水流慢慢接近。

"好像有点不对劲儿啊，怎么是那种姿势？一点水花都没溅起来，是不是有点奇怪？"

"这也许是一种特别的泳姿吧？"

看热闹的人们七嘴八舌，议论纷纷。

"喂，快看那张脸！"有人嚷道，"怎么那么苍白？眼睛也一动不动的……"

"已经死了！是死人！"

"别胡说！如果真是溺水身亡，整个身体都应该浮在水面上。"

那姿势确实奇怪,只有脑袋浮在水面上,一动不动,河水没到下巴,随着水流一点点靠近。

很快,众人的疑惑就有了答案。老人被水流推着来到了桥下。

"啊,只有一颗人头!"

"快看,那下面还系着一块木板呢!"

人群里瞬间炸开了锅。

从桥上往下看,只见人头下面有一块细长的、做成船形的木板,在河水中时隐时现。

附近派出所的警官从刚才就注意到了桥上的人群,此时已经混进了人群中。他当然不知道这颗人头是谁的,但是绝对不能坐视不管。他甚至隐隐感到了一丝兴奋——这一定会是件轰动整个东京的大案。他立即命令附近的货船将人头连同那块木板一起打捞了上来。

那块木板上,在相当于船头的位置,用粗笔写着"狱门舟"三个字。

派出所立即将这一事件报告了警视厅。经法医验证,这是福田得二郎的头。

凶手这种目中无人、无法无天的做法让中村警部再也按奈不住了了，这种公然挑衅已经影响到警视厅的声誉了，于是大规模的搜查开始了。从白须桥开始，警方对周边地区展开了地毯式的搜查，河上的船只更是一艘不漏。

白须桥上游几乎没什么桥，而且河水在这之前拐了一个近乎直角的弯，挡住了视线，根本看不到那里的情况，如果有人在那里放下人头，是不会有人察觉的。再加上绫濑川等支流和河岔，要搜查的区域就更大了。要靠有限的警力覆盖这么大的范围，无异于大海捞针。

近乎奇谈的福田别墅杀人事件和充满妖异气氛的狱门舟事件，以及大侦探明智小五郎的失踪，对报社来说简直就是绝好的素材。社会上各种流言甚嚣尘上，人们愈发骚动不安。

小　屋

　　明智仿佛从噩梦中惊醒，猛地睁开了眼睛。

　　除了头有点疼，倒没发现其他问题。他环视四周，发现自己所处的房间虽然不大，但装饰很考究。天花板上悬挂着一盏古朴但很豪华的吊灯，靠背长椅也十分气派……明智渐渐恢复了意识，想起了之前上野车站的情形。只是他记得当时自己被绑住了双手，嘴里也塞上了东西，但此时这些都不见了，自己正躺在舒适的沙发上。

　　就在这时，仿佛在等他醒来似的，门开了。一个十七八岁的姑娘走了进来。她穿着一身肥大的黑色西装，手里端着一个银盘，上面摆着饮料和点心。

"您醒了？"她将银盘放在沙发旁边的桌上，对明智微微一笑，"让您受委屈了。身上还疼吗？"

明智当然不认识这个姑娘，对这个房间也非常陌生。他好像还在梦里，愣了半晌才缓过神来：

"这是哪里？你又是谁？"

"别那么紧张。您就把这里当成救您脱险的人家好了。我就住在这里。"

"这样啊。我只记得在上野车站外被强行推上一辆车，那以后究竟发生了什么一点也记不得了。这么说，我一直昏迷不醒？我是怎么得救的？这里是东京市内吗？"

"您一定还有许多疑问，但有人关照我，什么都不能对您说。"

"为什么？没关系，除了头还有点疼，我已经没什么大碍了，你看。"

为了向这姑娘证明自己真的没事了，明智从沙发上爬起来，做了几个体操动作。没想到全身上下没有一点力气，只觉得天旋地转，不得不伸出右手撑在了沙发上。

"我怎么觉得整个房间都飘在空中似的。"

"你看，还是别勉强了。"

"可我心情挺不错。对了，能否让我见一下你家主人？我想当面向他致谢。"

"没有那个必要，再说主人现在也不在家。"

此时明智终于意识到这房间好像并不一般。

"这房间怎么没有窗户啊？那样的话岂不是白天也要开着灯？现在是白天还是晚上？"

"是晚上，刚过八点。"

"今天是几号？"

"十一月十八日。"

姑娘说完，掩嘴笑了起来。

"我到上野车站的时候是十七日晚上，这么说，我已经在这里睡了整整一天了？"

明智自言自语道。

眼前这个陌生姑娘、没有窗户的豪华房间，以及身体的虚浮，都让他有一种不真实感。

"这房间究竟在几楼?"明智忍不住又问,"感觉像是在高高的塔顶上,是吗?"

"也许是吧。"姑娘仍是满脸神秘的笑意,"不过,在这里住得应该会很舒服的。主人让我留您在这里住几天,在此期间,还请务必放轻松些。有什么要求尽管提,不要客气,比如想吃什么啦。"

姑娘说着看了一眼桌上的银盘。

"住几天?不是开玩笑吧。我还有要事在身……"

明智有些着急了。

"不用那么着急,您就安心留在这里,最好什么也不要想。"姑娘仿佛在安慰一个精神病患者,"好了,我过一会儿再来。这些不知道合不合您的口味,请慢用。"

说完,她来到门口,准备开门离开。

"喂,等一下,等一下……"

明智说着就想追上去,但只走出五六步,眼看就要抓到已经来到门外的姑娘的衣袖时,脚下突然被什么东西绊倒一下,猝不及防之下,狠狠地摔在了地上。

"您这不是自找苦吃吗？所以才叫您老实待着啊。"

房门在明智眼前重重地关上了，门外传来了那姑娘的声音。

明智这才发现，自己的脚踝上拴着一根细长的铁链，另一端固定在房间中央那张沙发下的地板上。他就像动物园里的熊一样，只能在有限的范围内活动。

"混蛋！所谓的救我脱险完全是一派胡言！一定是被推进车里后就送到了这里。"

明智这样判断。

"这样也好。"

明智确定了自己的处境后，不但没有垂头丧气，反而被激发起了强大的斗志。

面　具

　　明智开始吃饭,一点儿也不担心饭菜里会下毒,如果要杀他的话,之前有的是机会,何必这么大费周章。他一边吃,一边打量起自己所处的房间。房间一角有一个大书架,上面摆满了皮面烫金的西洋书籍。书架旁边的墙上挂着一个小丑面具。房间另一角的花瓶里插了些野菊花。有这么多书可以读,房间奢华舒适,饭菜也很丰盛,生活上实在没有什么不满足的。与其说是囚犯,自己更像是贵宾。

　　明智刚刚吃完,刚才那姑娘就推门进来了,在撤下餐具的同时,又摆了一盒雪茄在桌上。

就在这时，明智一把抓住姑娘的手腕，笑着说道：

"我终于明白我的处境了。你一直在什么地方监视着我吧？这房间里恐怕有监视孔吧？"

"怎么会有那种东西。"

姑娘把手轻轻挣脱出来，微微一笑答道。

"我想去一下洗手间。"

明智当然不是真的想去洗手间，只是想知道这种情况下会不会打开他脚上的铁链。

姑娘没有吭声，蹲在他的脚边，取出钥匙打开了铁链上的锁。

"这样我就自由了，现在我就要离开这里了。"

明智笑着说。

"您说什么？"姑娘好像慌了神，脸色变得苍白，立即从口袋里掏出微型手枪，颤抖着瞄准了明智，"您无论如何也不能逃走，请别为难我好吗？拜托了。"

姑娘满脸悲伤地央求道。

明智能够看得出来，她不像是在撒谎，但他也不能就此罢休。

"开玩笑，开玩笑，我不会逃走的。"他一边说着，一边趁姑娘不备，扑上去一把夺下了她手里的枪。

"啊，先生，您根本就什么都不明白。别这样！不要这样！"

姑娘拼命抱住明智。

明智一把将她推开，几步就冲到了门外。走廊里一片漆黑，他一时辨不清方向，就在犹豫的一瞬间，一个硬邦邦的东西顶在了他的背上。

"举起手来！把枪扔在地上！不然的话……"

是枪口。一个蒙面的高大男子站在漆黑的走廊里，就是为了防备明智突然发难。

于是，明智又成了动物园里的熊。

"原来如此。外面还有暗哨，看来不能鲁莽行事。"

明智暗自思忖。

"不要再给我们添麻烦了，老老实实地待着吧。"

蒙面男人说完，带着姑娘出去了。

明智无可奈何地躺在沙发上，想到自己受到的监视越严密，福田得二郎就越危险。这次案件的复杂程度恐怕远远超出自己之前的预测。一想到这里，他又坐立不安起来。

"无论如何，今晚也要弄断脚上的铁链。"

明智假装熟睡，暗自下定了决心。

大约三十分钟后，他悄悄起身，捏了一个小纸团，塞住了钥匙孔，然后一边留意门外的动静，一边取出随身携带的微型刀具开始锯铁链。他打算弄断铁链后，就装作什么事都没发生过，等下次那姑娘送饭的时候，就可以趁机逃出去了。

想用刀弄断铁链可不是简单的事，明智花了足足四五个钟头，才终于成功了。他把断开的铁链藏在身下，装出一副若无其事的样子。就像在等着他弄断铁链的那一刻似的，门开了，两个蒙面大汉走了进来，一个拿着手枪，一个拿着麻绳，一言不发地来到明智身前，将躺在沙发上的明智绑了起来。确认明智已经无法动弹之后，又一言不发地退了出去，房门又关上了。

"这房间里一定有监视孔。"

这下明智可以断定了。他手脚不能动弹，只能转动眼睛四处查找。

没有窗户，不时摇晃，还有秘密的监视孔，种种异象让明智也有些不知如何是好了。

突然，他的视线扫过书架旁墙上挂着的小丑面具。涂满白粉的脸上画着三个红色圆圈，与细长的眼睛成直角的位置勾画有黑色的竖线，还戴着一顶红白相间的尖帽子。

明智不由得脸色一变，死死盯着那个面具。

"哈哈哈……约翰，布朗，还是叫皮耶罗呢？你还真能一动不动啊，不过这样也不好受吧，哈哈哈……算了算了，我已经知道怎么回事了，你就别这么为难自己了。"

令人惊讶的情况发生了，挂在墙上的那个面具突然睁开了眼睛，张嘴说起话来：

"明智君，你终于明白了。大侦探直到现在才明白，不觉得太迟了吗？"

墙上从一开始就挂着面具，罪犯把自己的脸化妆成与面具一模一样,不时从墙上撤回真面具,探出自己的脸,这样就可以监视送饭的姑娘和明智的一举一动了。

这个家伙很可能就是犯罪团伙的首领,而刚才进来捆绑他的两个蒙面男人显然是团伙成员,恐怕就是在上野车站绑架他的两个人。

"你把我关在这里想干什么?"

"想干什么?在回答你之前,我想先告诉你我已经干了什么。"

一方是被绑在沙发上的大侦探,一方是在墙上探出头来冒充小丑面具的罪犯,这画面实在过于诡异,但偏偏两人的对话十分平静。

"难道……你已经动手了?"

"你说已经动手了?是说福田得二郎吧?"

"你把他怎么了?"

"把他的脑袋砍下来了。但是,我的计划远不止于此,我还担负着祖上赋予的重要使命。为了完成这一使命,我才来到这个世上,四十多年来吃尽了苦头。现在眼看就要得手了,偏偏你又跳了出来。我已经做好准备，就算与全世界为敌也在所不惜，只是你……警察、法官，这人世间的一切我都不放在眼里，只有你，实在让我伤脑筋。我十分清楚你的本事，只有你能阻止我。这跟权力、武器、人数都没有关系，是智力。我跟你无冤无仇，实在有些过意不去。除了完成使命，我不想杀害任何无辜的人，所以你只要乖乖待在这里，我绝不伤害你，还会盛情款待。不会很久的，拜托了。"

"小丑面具"越说越兴奋，额头上的青筋像一条条蚯蚓鼓了起来。甚至厚厚地涂在脸上的白粉都没能完全遮住因兴奋而涨红的脸。不难看出，这家伙不是在撒谎。

"你打算关我多长时间？"

明智冷冷地问道。

"一个月，最多一个月。怎么样，这期间你就老老实实待在这里。"

"什么？一个月？那除了福田得二郎，你接下来的目标是谁？"

"是啊，我的目标不仅仅是福田一个。所以，我不得不拜托你，请你高抬贵手，让我顺利完成我用生命当作赌注的使命。"

"我不能答应。"明智的回绝斩钉截铁，"无论你的理由多么充分，当今的社会已经不允许这种私刑寻仇了。"

"你说什么？"

"四十多年来，你为了报仇苦心修炼，现在向社会正义发起挑战，我是不会允许的！"

"别胡说！"

"告诉你，我一定会从这里出去的。别说这样的绳索，就是手铐对我来说也只不过是小孩子的玩具。你困不住我的，明白我的意思了吧？"

"畜生！我这么求你还不行吗？你不要逼我杀你。难道你就不珍惜自己的生命吗？……明智君，你好好想想，为了完成神圣的使命，我是不会吝惜你的生命的。但我并不想滥杀无辜，那样会让我的良心不安。拜托了，明智君，拜托了！"

"小丑面具"急得大汗淋漓，脸上厚厚的白粉都花了。

他说的神圣使命到底是指什么呢？除了福田得二郎，他似乎还有好几个目标。但不管有多少正当理由，杀人毕竟是这个社会不允许的。明智无论如何也不能就这么听之任之。

"你想让我留在这里，只有一个办法。"

"什么办法？"

"停止你的杀人计划。"

"混蛋！别忘了你现在的处境！再这么大言不惭，我现在就解决了你！"

"小丑面具"怒吼着缩了回去，又换回了原先的假面具。

不一会儿，门开了，进来四个人。两个是蒙面大汉，一个是送饭的姑娘，还有一个是刚才那个"小丑面具"。他不仅脸上化妆成了小丑，就连身上穿的也是小丑的服装。他手里拿着一个注射器，两个蒙面大汉都拿着手枪。看样子，只要明智稍动一下就会开枪。那姑娘不知为什么，脸色苍白，一脸哀伤。

"小丑面具"看着明智，恶狠狠地说：

"你想明白了吗？我是来满足你的愿望的。别担心，你不会感到疼痛的。我讨厌这房间里有血，再说我跟你无冤无仇，所以就用这注射器让你痛痛快快地死。有什么要说的吗？现在改变主意还来得及。"

这是最后通牒。

溺 亡

明智突然大笑起来：

"不用这么虚张声势吧。你们的对手只有我一个人而已，又被绑着根本动弹不得。即便这样你们还是这么怕我吗？哈哈哈……是我视死如归的气概吓到你们了吧，哈哈哈……"

不知为什么，明智有一种莫名其妙的感觉，或者说是一种神秘的预感，他深信自己一定不会死。

"小丑面具"见状好像突然想起了什么，后退了一步。

"喂，绑得结实吗？"

"非常结实。"

一个蒙面大汉上前仔细检查后答道。

"那好,明智君,我宣布,你最后的时刻到了!文代,把他的袖子卷起来。"

原来那姑娘叫文代。她向前走了两步,大概是受不了这种取人性命的刺激,脸色惨白,脚下踉跄,险些摔倒。

"混蛋!怎么搞的!"

"小丑面具"扶住她,大声训斥。

文代默默地摇摇头,像是费了好大工夫才稳住了心神,明智看到了她意味深长的目光。突然,她的一只手转到明智的背后,他反绑在身后的手指传来一阵刺痛。他正要"啊"地叫出声,却见到她恳求的眼神,于是极力忍住了。文代花了好长时间才卷起明智的袖子,随后退到了三个男人的身后。

"小丑面具"右手拿着注射器蹲在明智身边,左手抓起他的手臂。就在这时,只听"咣当"一声巨响,灯灭了,房间里漆黑一片。滚烫的玻璃碎片纷纷落下，掉落在大家的头上。不知是谁，把吊灯砸碎了。

"开枪，开枪！"

"小丑面具"恼羞成怒的声音在黑暗中响起。他认定这是明智干的，但明智也只觉得莫名其妙。

"砰！砰砰！"

房间里一片混乱，紧接着响起了枪声。

一定要抓住这个千载难逢的机会逃出去。明智这样想着，下意识地想要双手撑着沙发站起来，没想到，刚一用力，绳索竟然松开了。

"是她，一定是她！是那个文代姑娘为自己松的绑。刚才手指上的刺痛感，一定是她割绳索时用力过大，割破了自己的手指。为了帮自己制造机会，又砸碎了吊灯。"

"小丑面具"声嘶力竭：

"文代，蜡烛！快拿蜡烛来！"

就在罪犯们乱作一团的时候，明智经过一番挣脱，终于从绳索中摆脱了出来。一道黑影冲到了门外，在漆黑的走廊里不辨方向地一路狂奔，只听到

身后气急败坏的叫喊声:

"逃走了!逃走了!快追!"

幸亏漆黑的走廊里没有什么障碍物,明智跑了一阵,突然觉得眼前一片开阔,夜空中繁星闪烁,终于来到了室外。可是身后的追兵越来越近,并不时地开枪射击,明智不顾一切地狂奔,突然撞上了一道栏杆。

"这是……"

"哈哈哈……明智君,你以为这是什么地方?你会游泳吧?我就不信你能游过这片海域。"

明智抓住栏杆,探出身子向下看去,视线所及都是泛着银光的水……再向远处眺望,只见黑浪翻滚的大海一眼望不到尽头。

糟了,是在海上,虽然不知道具体位置,但肯定远离陆地。怪不得会觉得房间摇晃。

明智并非不通水性,相反,他对于游泳很有信心,但要横渡这无边无际的大海……

突然,一个黑影向明智扑来,明智赶紧摆开架势准备迎击,却听到那人说:

"快装作跳海的样子跳下去,然后躲在船舷外侧。"

是文代!明智当机立断,照她说的做了。

"我就横渡这片大海给你瞧瞧!"

明智大喊着翻过了栏杆。

与此同时,传来"扑嗵"一声巨响。听到这声音,就连明智也以为自己真的掉到了海里。那是文代巧妙的配合和掩护,黑暗中她不知把什么东西扔进了海里。

"不好,他跳海啦!快放下小船!小船!"

"小丑面具"吼道。紧接着,杂乱的脚步声直奔船尾。那里拴着一条小船。三个人来不及多想,放下小船就跳了进去,然后开始拼命划桨,在明智刚才"跳海"的海面搜索。不知不觉间,逐渐远离了大船。

"已经没事了,在那些人回来之前你得藏好,然后找机会利用刚才那艘小船离开这里。"

明智爬上甲板,那个叫文代的姑娘对他说。

"谢谢!我不会忘记你的救助,但我不知道你为什么要救我，难道你不是他们一伙的吗？"

明智紧紧握着文代的手，心里充满了感激之情。

"我确实是歹徒首领的女儿。"文代用悲伤的语调轻轻诉说，"我早就知道你的大名，而且我必须帮助你。"

文代也紧紧握住了明智的手。

三个人在深夜的海面上搜索了几十分钟，仍是一无所获，只得失望地返回大船。跟他们一前一后，藏在大船上的明智悄悄地摸上了小船，轻轻地划着桨离开了。

后来才知道，那艘大船漂浮在距离陆地二十公里的海面上，基本上是东京湾的中心位置。明智划着小船，只能凭借远处时隐时现的灯塔上的灯光导航，拼命划桨。

可祸不单行，刚才的风平浪静其实是狂风暴雨来临的前兆。十一月十八日夜里的那场暴风雨中，有三艘渔船不知去向。就连罪犯的那艘大船也是九死一生，好不容易才躲进了附近的渔港里。入港后，一名罪犯发现原本系在船尾的小船不见了，但谁也没觉得有什么稀奇。毕竟这么大的暴风雨中，系小船的绳索被吹断根本不是什么新鲜事。

明智在小山般的波涛之间上下起伏，竭尽全力控制着小船。海水像瀑布一样从头顶倾泻而下，浇得他根本睁不开眼睛。浑身浇透之后再被海上的狂风一吹，冻得他很快就手脚僵硬，连知觉都没了，只能像个机器人那样机械地划着桨。他早就迷失了方向，就算想回到那艘大船上也不可能了。小船恐怕只是在原地打转吧。

第二天，也就是十一月十九日，各大报纸都刊登了著名侦探明智小五郎不幸遇难的消息：

日本第一大侦探明智小五郎溺水身亡
杀害福田氏的凶手再度出手?
尸体漂流至月岛海岸

继福田别墅杀人案、白须桥狱门舟事件后，我们有理由怀疑凶手将毒手伸向了大侦探明智小五郎，并且以尚不得而知的手段将其杀害。据闻明智侦探在福田氏遇害的当天晚上就失踪了，警视厅正全力搜寻。下午四时左右，在月岛海岸发现一具溺水身亡的尸体，经法医验尸，意外地发现死者竟是明智小五郎。明智是在受已故福田氏的委托从S站乘坐火车赶回东京的途中失踪的，所以推测他是落入了杀害福田氏的凶手之手。现在又发现了他的尸体，更进一步证实了我们的猜测。狱门舟事件也好，明智溺水身亡事件也好，都与水有关，可见罪犯是以水面为基地作案的。警视厅专案组根据这一线索，正准备搜索附近沿海一带。

这篇报道后面刊登了中村警部撰写的文章，介绍好友明智小五郎的生平和功绩。

明智的尸体被运到中村警部家中，在那里举行了非常隆重的葬礼。

8

　　宝石商玉村善太郎的宅邸孤零零地建在大森一处远离住宅区的山丘间，占地极大，包括一栋建于明治中期的砖石结构的西洋馆、一栋木结构的日式建筑，还有别致的庭院、假山、水池和凉亭等，简直就像一座森林公园。

　　玉村别墅有一件宝贝，就是西洋馆屋顶的钟塔。

　　东京的玉村商店不光销售各种宝石，还经营钟表生意。作为钟表商的标志，就是商店屋顶的钟塔，可惜后来毁于大地震。重建商店时，这座大钟被运回了大森的宅邸。作为纪念，安装在了西洋馆屋顶的钟塔上。

附近的中学生都称这座钟塔为"幽灵塔",大概是受了黑岩泪香小说《幽灵塔》的影响。不过山丘间孤零零的西洋馆和耸立其上的钟塔确实很像一座幽灵塔。

钟塔上的表盘直径接近四米,机械装置古色古香而且做工精巧,经过地震之后,发条装置没有半点故障,足有一人高的钢制表针仍然转动得分秒不差,报时时的钟声在周围的山丘间回荡不息。

近来,玉村家被接二连三的恐怖事件搞得人心惶惶,玉村善太郎不仅委托警方派来大批警力,还雇用多名了身强力壮的男用人。

亲历福田得二郎被害的玉村二郎和有过恐怖预感的玉村妙子自不必说,玉村善太郎也是惊恐难安。难道接连发生的惨案让他想起了什么?

"爸爸,福田叔叔可能会跟什么人结仇,您有头绪吗?"

二郎困惑不解地问父亲。

"我本人绝没有跟谁结仇,你叔叔也一样。这次复仇的目标恐怕不是我和你叔叔,而是整个玉村家族。你最好别再问了。我只要想起这事就浑身直冒冷汗。那样的事……"

玉村善太郎说到这里支吾起来,无论二郎怎么打听,也什么都不肯说了。

一天,二郎去东京的同学家玩,下午才返回大森。走进院子大门,隔着花草丛不经意地朝院子里看了一眼,就发现花草丛另一侧建有网球场和秋千的沙地上写着很大的一个8,字迹潦草,看起来像是什么人的随手涂鸦。但二郎却立即想到了叔叔被害前的倒计时数字,只觉得一股凉意从心底升起。他不能对此视而不见,赶紧绕过花草丛走向沙地,发现每隔大约两米就有一个相同的8,一直延伸到西洋馆前面。

二郎一路沿着地面上的数字朝西洋馆走去,拐过屋角,只见进一正蹲在地上,拿着一颗铁钉在地上写着8。

"进一,你为什么要写8呢?"

进一吓了一跳,转过脸来。

"是哥哥啊。有人告诉我,写下八八六十四个8会有好运的。"

"谁告诉你的?"

"一个叔叔。"

二郎吃了一惊。

"他在哪里?"

"刚才还在那里,就是大门那里……"

"那人什么样?"

"上了年纪,穿着西装。"

二郎的心里顿时蒙上了一层阴影,立刻明白这是可怕的通告。那个上了年纪的男人到底是谁?为什么要唆使进一做这样的事?他简直像在噩梦中一般,心情糟透了。回到自己的房间,透过窗口,能看到进一仍在不厌其烦地继续写着8。

这时,从进一后面走来一个叫音吉的老人,是刚雇来打扫院子的。他手上拿着用一个用树杈新做的弹弓。

"进一,给你看样好东西。"

"是什么?"

"是弹弓。你知道吗?"

"干什么用的?"

"打鸟的。来,你瞧!"

音吉一边说一边拾起一块小石子,用橡皮筋夹住。

"我可是弹弓好手,现在射从上面数第二片树叶,看好了!"

"啪",小石子不偏不倚地击中了目标。

"怎么样?有趣吧?然后……你姐姐在阳台喝茶吧?怎么皱着眉头,一定是茶太苦了。看好了,接下来射你姐姐手中的那只茶杯。"

一听这话,进一的脸色都变了。二郎在房间里也听到了,只觉得这家伙是不是疯了。

又是"啪"的一声,小石子飞了出去。紧接着就传来了茶杯破碎的声音和妙子的惊呼。

"喂,老人家,您这是干什么?"

"对不起,小姐。我是想给进一打屋顶的麻雀的,没想到……"

音吉若无其事地撒谎。

"要是再偏一点就打中我了。这么大一块石子,别再玩这个了。"

妙子惊魂未定,音吉则用手搔着头,一个劲儿地鞠躬致歉。

这似乎是件不值一提的小事,但二郎总觉得里面有蹊跷。尤其是音吉,让他从心里产生了一种说不清道不明的恐惧感。他目不转睛地盯着音吉从院子里消失的背影,心里仿佛他就是那个恐怖的凶手。

笛　声

第二天，二郎起了个大早，在院子里散步，不知不觉间来到了大门口，看到音吉正在使劲儿擦着西洋馆的大门。他走上前去，发现音吉是在擦门上的粉笔字。

"停下，先别擦！"

二郎立即大喊。

音吉吓了一跳，赶紧住手，但字已经被擦掉了一大半，只剩下毫无意义的一条横线。

"你还记得上面写的什么字吗？"

看着二郎已经变得很难看的脸色，音吉慌了神。

"嗯……只是随手胡乱写的……真是的……"

"算了，不管那个。你好好想想，到底是什么字，不会是数字吧？"

"啊，数字？对，对，被你这么一说，也许真是数字。"

"你用手比划一下形状吧。"

"形状很简单，一横，然后向斜下拉出一条线。"

"7？"

"哦，对，对，是7，是7。"

二郎脸色惨白，僵在了原地。昨天是8，今天是7，每天递减的数字，跟福田家的情况一模一样。而且正因为字迹潦草，才更让他感到恐怖。

第三天，二郎做好了准备，等着数字出现在某个地方。他在院子里转来转去，寻找6。

字迹潦草的6果然又出现了，但这一次是进一发现的。

二郎转了半天也没有找到，心烦意乱地回到了自己的房间，一进门却发现进一不知什么时候已经在他房间里等着了，见他一进门就朝他嚷开了：

"哥哥,是你干的吧?今天是十一月二十四日,日历怎么被翻到了十二月六日。"

二郎拿过日历一看,果然是十二月六日,一个大大的6格外醒目。

"进一,是不是你干的?"

二郎很不自然地扯动嘴角,想笑一下,却摆出了一副怪异无比的表情。他当然知道不可能是进一干的,一定是什么人潜进屋里翻动了日历,用台历上的6来代替手写。8和7出现在室外,6却是在室内,并且出现在自己的房间里。那个家伙简直就像个魔术师,可以随心所欲地出现在任何地方,却不会被发现。想到这里,二郎仿佛被心底的恐惧紧紧攫住,连呼吸都有些困难了。

次日黄昏,玉村善太郎的轿车沿京浜国道从东京朝大森驶来。二郎和父亲坐在后排座位上。最近一段时间,玉村善太郎除了打理生意,还要处理弟弟的后事,更不用说还得提防不知躲在什么地方的仇人的报复,心力交瘁。二郎为了保护担惊受怕的父亲也忙得不可开交。此刻,他正在犹豫要不要把家里出现的诡异数字告诉父亲。还没等他拿定主意，车已经到了大森。

天已经完全黑下来了，司机打开了车灯。

"爸爸，我觉得我们得更小心一些。"

二郎终于下定了决心。

"你是说那个吧？不用担心，家里已经增加了人手，路上又有你陪着。"

"可是，光是这样还远远不够。如果我猜得不错，那家伙已经找上门来了。"

"什么？"

"我不是随便说说的。"

二郎把自己发现倒计时数字的事情简单对父亲说了。

"该不会是你的胡思乱想吧。家里里里外外这么多人，什么人能够神不知鬼不觉地留下那些数字，难道是什么魔法不成？"

"说不定真的是魔法，福田叔叔的事情不就是这样吗？"

就在两人争论不休的时候，车已经在沿着玉村宅邸长长的水泥围墙行驶了。

"照你这么说，今天应该出现5喽？哈哈哈……你好像还深信不疑啊。"

这时，车来到了大门前，车灯在大门边的围墙上扫过。

"我深信不疑，那是因为……"

二郎说到这里突然停住了。

"司机，停车！就这样，车灯对着围墙。"

二郎连声音都变了调，几乎是从嗓子里挤出了这句话。

"爸爸，你看，那……那……"

他手指的围墙上，车灯照射下，一个模糊的5犹如显微镜下的细菌群微微颤动，让人头皮发麻。

"这应该是写在车灯上的吧？"

二郎立刻明白了。

这时音吉从大门里出来迎接，也看见了围墙上的那个5，于是"啊"的一声怪叫起来。

"这是谁写的？是你吗？"

玉村善太郎大声责问司机。

"不，不，我一点也不知道这事。一定是停在银座宝石店门前时被人动了手脚。"

事已至此，玉村善太郎不得不认真思考二郎对他说的情况。于是这件事就成了餐桌上的话题。他又把这一情况通知了中村警部，要求他增派警力在别墅周围布控。

不安的日子一天天地过去，大家甚至听见脚步声也会疑神疑鬼地紧张起来。每天黄昏时分就会关门关窗，寄宿生们轮流值夜，前后门都有警官把守，如此严密的警戒，就算那家伙真是魔术师也无可奈何吧。

然而逐日递减的数字每天仍会出现在不同的地方：4在妙子的牛奶瓶上，3在从窗口飘进二郎房间的枯叶上，然后是2，最后终于到了1。这一天是十一月二十九日。如果这是表示仅剩最后一天的通牒，那么，第二天，也就是十一月三十日，就要有人惨遭毒手了。

先是福田得二郎，然后是明智小五郎，接下来会是谁呢？

十一月三十日，玉村家所有人都没有出门，从早晨就开始集中在一个房间里。为了缓解紧张恐怖的气氛，大家不住地说笑、做游戏。玉村善太郎从东京的商店找来五六个身强力壮的员工，进一步加强戒备。

一直到天黑也没有任何异常，随着时间一分一秒地流逝，大家开始觉得如此严密的警戒，就算是魔术师也无从下手，于是渐渐地都放下心来。十点过后，大家各自回房休息。当然不会忘记在睡前再检查一遍门窗。寄宿生就在卧室门外值夜，屋外还有警官通宵守卫。

二郎上床后，辗转反侧怎么也睡不着。和其他人不一样，他亲眼见识过罪犯不可思议的作案手法。

十一点的钟声阴郁地在夜色浓重的别墅里回荡。大概又过了三十分钟，二郎忽然听到了奇怪的声音。

没错，确实有声音，不是幻听。那是……啊，是那可怕的笛声，曲调跟福田惨死的那晚一样。

二郎跳下床来，抓起事先准备好的手枪。

这笛声到底意味着凶杀的开始还是结束呢？无论如何，一刻也不能耽搁。眼下是千钧一发的紧要关头，来不及逐个叫起其他人了。

"喂，快起来，有情况！"

他大叫着向笛声传出的方向飞奔而去，在横贯西洋馆的走廊里不顾一切地疾跑，他想知道谁是第三个被害人。

"不好，是妙子的房间！"

妙子的卧室门外，一个黑色的怪物蠕动着。飞奔而至的二郎只觉得自己的心脏狂跳，冷汗直流。他终于看到了怪物的真面目。

"谁？不许动！动就打死你！"

他声嘶力竭地吼道，握枪的手却在不停地颤抖。

"哦，是二郎君吧？"

怪物反问。

怎么回事？竟然是音吉。

"我听见奇怪的笛声就急忙赶来了。妙子小姐的卧室里怎么会有那声音？"

"是吗？好，撞门！"

幸好玉村家的房门不像福田家那么结实，两人合力，几下就撞开了。

两人冲进房间，不由得都"啊"的一声大叫了起来。

钟　塔

妙子浑身是血地倒在床边，右胳膊根插着一把匕首。

全家人都赶到了妙子的卧室，值守的警官立刻向警视厅报告。随后赶来的大批警官立即展开了搜索。但是跟福田得二郎被杀案一样，凶手进出的路线一概不知。门窗都是从里面锁上的，值夜的寄宿生和警官都没有擅离职守。难道罪犯真的会魔法？实在令人难以置信。

不幸中的万幸是二郎及时察觉了异常，又是大喊着冲到现场的，罪犯在仓促之中虽然刺中了妙子，但没有伤及要害。众人赶到之后，她失血加之惊吓过度晕了过去，被立即送到了附近的医院。恢复意识后，警官给她录了口供。

"你看见凶手的脸了吗？"

"没有。但那人足有两米高，十分魁梧，恐怖极了。"

妙子能给出的信息只有这些，除此之外，任何有价值的线索都没有。

凶器竟然是玉村善太郎给女儿防身的那把匕首。而且上面还插着一张白色的卡片，上面写着4。这比血手印更加真实，更加恐怖。

妙子被送到医院后，留在现场的人们才开始讨论这张卡片。4，究竟意味着什么呢？

"如果是表示被害人的顺序，应该是3。4是什么意思呢？到目前为止，数字都是用来倒数犯罪时间的，难道是说距离凶手下一次出手还有四天？"一名警官自言自语着，"最初是十四天，接着是八天，现在竟缩短成了四天。凶手的节奏在逐渐加快……恐怕只能这么认为了。"

罪犯不仅穷凶极恶，手段残忍，而且胆大妄为，在行凶的同时还不忘预告下一次犯案的日期。

第二天，大家看到邮递员送来的邮件时，就知道这推理果然不错。邮件上有一个红色铅笔写的3，虽然很小，但十分清晰。警方立即去邮局展开调查，也询问了邮递员，可什么线索也没有得到。又过了一天，外出回来的长子玉村一郎的包里多出了一张写着2的卡片。

一郎一直对大家口中身高两米又会魔法的凶手不以为然。

"怎么会有那样的家伙？罪犯既不是幽灵也不是魔术师，跟我们一样只是普通人，只不过是个心理变态的杀人狂而已。说什么能够自由进出完全密闭的房间，在我看来，一定是大家心理上出现了盲点。只要提高警惕，对方也是人，就没有什么好害怕的。"

这次幽灵般的数字卡片出现在他外出时从不离手的包里，他也并没有疑神疑鬼，而是愤愤不平，对方竟如此戏耍他。于是决定与弟弟二郎一起，将罪犯绳之以法。

终于，倒数的数字变成了1。

玉村一家跟上一次一样做好了充分的准备，没想到却出了意外——又收到了罪犯奇怪的通牒，而且出现的场所也出人意料。

当天下午，一郎独自来到院子里巡视，他怀疑罪犯之前之所以能神不知鬼不觉地潜入别墅，是因为有什么大家不知道的秘密通道。虽然没有找到可疑的出入口，却在无意间看到了不可思议的一幕。

"咦，那是什么？"

他不经意间看向西洋馆屋顶的钟塔，发现表盘上好像贴着一张纸条，纸条上好像还有字迹。

"难道是行凶的日期向后推迟了？"

一郎看到纸条上好像只有一个字，就以为是之前出现的数字。

一郎没有告诉任何人，一个人上了西洋馆的二楼，然后从楼顶的楼梯爬上了钟塔。他觉得自己作为长子有责任保护家人，不让他们再受到惊吓。

罪犯终于还是盯上了钟塔，但他是怎么把纸条贴到表盘上的呢?从屋顶爬上去并不难,但是要掩人耳目可就不那么简单了。即便是趁夜行动,别墅里里外外如此严密的警戒也不是那么容易突破的。难道这家伙真是大伙说的魔术师?

一郎不知道的是,此时的他正一步一步地向危险靠近。

大　钟

楼梯上光线昏暗。

玉村一郎的脑海里突然闪过一个可怕的想法，不由得紧张起来。他从口袋里掏出手枪，牢牢地握在手上。

外面阳光明媚，正午刚过不久，这里却是阴暗得有些瘆人。爬上狭窄的楼梯，便是表盘后面的机械室。这会不会是罪犯设下的圈套？用纸条吸引某人上来查看，再借着昏暗复杂的地形将其杀害。

一郎不是没有想过这种可能性，他紧握着手枪，每走一步都要停下来仔细查看。但直到来到楼梯尽头的机械室,什么都没发生。

钟塔的机械室就像个小作坊,大大小小的齿轮不计其数,相互咬合着,发出机械独有的冷漠的"咯咯"声。这里有钟表的心脏——装着发条装置的大铁箱,还有各种托架、轴承等装置,长度足有一米的钟摆来回摆动着。

一郎站在机械室一角,屏住呼吸仔细辨别周围的动静。一想到罪犯随时会从某个昏暗的角落扑向自己,他不由得把手指搭在了扳机上,摆开了随时还击的架势。但等了好长一段时间,什么异常情况也没有发生。他绕着机械室转了一圈,所有的角落都没发现可疑的影子。

"哈哈,慌什么啊,不是什么也没有吗?"

刚才还如临大敌的一郎放松了警惕,自嘲地嘟囔着。他收起手枪,向表盘背后走去。

他的头顶上架着一根非常粗大的轴承,两个类似眼睛的圆孔正好位于他的胸口。这两个圆孔是仿照给钟表上发条的机械孔设置的,当然这大钟根本不需要上发条,但是机械室却可以通过这两个圆孔采光。

一郎记得那张纸条就贴在左边那个圆孔的正下方。他从左边的圆孔探出头核实后,伸出右手想把纸条揭下来。但不管他怎么努力伸长手臂,就差那么一点点。他在机械室里转了一圈,想找一根棍棒之类的东西,可找来找去也没找到。

"怎么办?"

一郎呆呆地站在那里思考对策。突然,他脸色大变,身体也紧绷了起来——他听到了某种奇怪的声音。

那不是冰冷的机械声,啊,是笛声!

一郎听到的确实是笛声,每次凶案现场都会出现的笛声,曲调与之前完全相同。

那家伙又要下毒手了。

一郎紧张地扫视周围,笛声似乎距离机械室并不远,好像就在附近的屋顶上。

是谁?谁爬到屋顶上了?是的,笛声确实来自屋顶。

一郎再次从圆孔里探出脑袋,想要找出吹笛子的人,但屋顶上空空如也。难道那家伙在钟塔背后?他竖起耳朵仔细听了好一会儿,那家伙似乎还在走来走去,笛声时远时近。

"说不定他什么时候就会绕到钟塔前面来了吧?"

一郎这样想着。为了亲眼看到罪犯的真面目,他就这么探着头,伸长脖子等着。就在这时,他突然感到脖子后面一凉,紧接着是剧烈的疼痛,一郎不由得惨呼起来。

起初他不明所以,还以为是罪犯趁他不注意,从钟塔上面袭击了他。但这力道绝非人力,恐怕是什么机械性的东西。慌乱之中,他想把头缩回来,可已经来不及了,下巴已经被挤到了圆孔下缘的外侧。

疼痛越来越剧烈,一郎终于想明白了是什么东西。

"这不就是钟塔上巨大的指针吗!"

说是指针,但这东西足有两米长,一尺宽,而且是纯钢所制,简直就是一把巨大的钝剑。一郎试图用脖子顶起指针，但人力在机械的力量面前根本无济于事，而且他越是用力，脖子上的疼痛越是撕心裂肺，好像那巨大的指针已经嵌进他的皮肉里去了。

一郎刚想大声呼救，指针又转动了一格，他清楚地感受到了死神的临近。这个时候所有人都集中在房间里，他来这里也没有知会任何人，谁也想不到他竟会在这种地方命悬一线。视线所及，院子里连个人影都没有。警官都在大门和后门外，高大的围墙完全遮挡住了他们的视线。

笛声不知什么时候已经停了，那恐怕只是引一郎把头探出圆孔的诡计。罪犯见一郎已经死定了，就收起笛子离开了。

在生命的最后关头，玉村一郎想明白了一切。此时，他的脸由于巨大的压力已经肿胀起来，双眼充血，似乎马上就要瞪出眼眶外。颈椎承受不了沉重的指针，发出了"咯吱吱吱"的碎裂声。

大钟如同断头台，铡刀般的指针再转动一格就会彻底夺去玉村一郎的生命。

就在这时,他终于看清楚了纸条上的字:

下午一时二十一分

罪犯在那张纸条上准确地预告了第三名被害者的死亡时间,分秒不差。

洋　子

集中在楼下房间里的人们隐隐约约听到了一声悲鸣,于是下意识地看向彼此。

"哥哥怎么不在房间里?他去哪儿了?"

二郎忽然发现哥哥不见了。

众人闻言全都脸色苍白,沉默不语。

"我去找一下。"

二郎起身走出房间,找遍了一楼二楼的所有角落,都没见到哥哥的影子,可刚才的声音确实是从上面传来的。

"啊,那里……"

二郎突然想到了什么，大步冲向通往钟塔的楼梯。这时已经听不到什么声音了，但他还是决定上去看一下。他一步三个台阶地冲上钟塔机械室的时候，看到一个人正蹲在那里。

"喂，是音吉吧？你到这里来干什么？"

那人转过脸来，正是音吉。

看到二郎上来，音吉毫不慌张，反倒像在说"你来得正好"，指了指昏暗的角落，那里横着一个黑影。二郎眯起眼睛仔细打量——竟是哥哥玉村一郎。

"啊，哥哥……"

二郎大吃一惊，连忙跑到哥哥身边。

只见玉村一郎的脖子上就像围着一道红圈，触目惊心，好在没有危及生命。

又过了一会儿，一郎终于醒了过来，有气无力地叙述了事情的经过。

将他从指针下救出来的正是音吉。原来他听到悲鸣声后就立即冲到了钟塔，在千钧一发之际冷静地停下了大钟的机关，让指针倒转，才把一郎救了出来。

听了这番叙述,不知道为什么,二郎丝毫生不起对音吉的感激之情。他无论如何也不能相信,眼前的老人只是一个忠实的老仆。他不是还用弹弓打碎了妙子的茶杯吗?妙子遇害的时候,他也出现在了门窗紧闭的门口。不,与其说感激,二郎甚至觉得音吉就是凶手。

但这似乎又不合逻辑。如果不是音吉,一郎必死无疑,如果他就是凶手,为什么又要救下一郎呢?难道是为了让玉村一家尽可能地受尽痛苦和恐惧的煎熬?

音吉诚然可疑,但眼下并没有确凿的证据,贸然行事恐怕反倒危险。

"好,从现在起我就当个侦探,严密监视他的一举一动。虽说他是父亲的好友介绍来的,但为防万一,有必要对他展开调查,说不定能找到什么线索。"

二郎暗暗下了决心。

虽说脖子上的伤痕还有些吓人,但一郎两三

天后就没有大碍了,倒是妙子伤得不轻,一直没有出院。

一天,一个漂亮姑娘登门拜访了玉村家,说是刚去医院探望过住院养伤的玉村妙子。她叫花园洋子,是东京一位著名女音乐家的入室弟子。经妙子介绍,与玉村一家都保持着不错的关系。尤其是二郎,两人已经暗生情愫。

两人肩并肩地来到院子里,坐在树荫下的石凳上。

"什么?你说什么?我每天给你写信?没有啊。最近我实在是忙得不可开交,哪有时间写信。"

二郎被洋子的话惊得目瞪口呆。

"可我确实每天都收到了署着你名字的信啊。"

"信上写了些什么?"

"你真不知道?写的都是暗号啊。"

"暗号?"

"是啊,你怎么还明知故问。"

"到底是什么样的暗号?"

"尽是些数字。我想那大概是暗号吧。"

"什么？数字？"

"是啊。从5开始，每天减一。4，3，2，1。"

二郎听到这里已经是脸色惨白、冷汗直流了，他颤抖着声音问：

"洋子，你说的都是真的？"

"当然，干吗要骗你。"

"啊，糟啦！那些信是杀害福田叔叔的凶手写的。哥哥和妙子也都遭了他的毒手。"

"啊！"

洋子吓得叫了出来。

"写着1的那封信是什么时候收到的？"

"昨天！1写得很大，下面还写着'我有话跟你说，希望你明天一定要来我家'。所以我才会探望完妙子之后来这里找你。"

"是那家伙冒充我的笔迹写的信。"

"那家伙？你说的是什么人？"

"就是那个凶手，身高超过两米，还会吹笛子……"

二郎说到这里，突然满脸惊恐地说不下去了，穿过树木间的间隙，死死地盯着十米开外的地方。

洋子被二郎的表情吓了一跳，顺着他的视线看去，只见一个男人穿过树林走开了。

"那是谁？"

"嘘——"

二郎示意她别出声，等那人走远了，才放心地转过身回答洋子的问题。

"他是最近雇来专门打扫院子的，叫音吉。"

"我刚才在门口还碰见他了，还很有礼貌地跟我打了招呼。"

"那家伙也许在偷听我们说话。"

"就算听到也没什么吧？"

"这可没你想得那么简单……"

二郎含糊其辞。

一想到罪犯不但把魔爪伸向了自己的家人，而且居然连洋子也不放过，二郎不由得恨得咬牙切齿。

二郎找到父亲和负责别墅保卫工作的警官，把这件事告诉了他们，并要求警方派人把洋子护送回家。等他从父亲书房出来的时候，洋子已经不知去哪去了，只有一郎一个人站在那里。

"洋子呢？"

"不是去你房间了吗？"

"去我房间？"

二郎立即冲向自己的房间，一边跑还一边喊着：

"洋子！"

没有回答。

又发生什么事了？用人们都围了上来。

二郎发疯似的跑到大门口，抓住在那里把守的警官问道：

"有没有看到花园洋子小姐从这里出去？"

"没有，最近半个多小时根本没有人出去过。"

二郎只觉得头晕目眩，赶紧找来警官和用人们，在宅邸四处分头寻找。但花园洋子好像就那么凭空消失了，连一点痕迹都没留下。

魔 术

两天过去了,花园洋子仍然没有出现。二郎问过了她东京的师傅、郊外的老家和所有能想到的朋友、同学,都说没见过她。

玉村一郎还在一直注意着音吉的一言一行,没发现有什么可疑的地方。他曾有几次外出,有时候是半小时,有时候是一小时,那都是家里派他去办事,去哪儿、干什么,一郎一清二楚。

报社记者与警方展开竞争,到处寻找花园洋子。报纸的社会版每天都是玉村家奇案的相关报道。

二郎整天像疯了似的,忧心忡忡,焦躁不安,度日如年。其实，不管是谁，遇上这样的事情都一定会感到不安和无法理解。

为了暂时从这百思不得其解的怪事中解脱出来，二郎漫无目的地在街上闲逛，幻想着洋子会从某个街角或者树后面突然跳到自己面前。等回过神来，他突然发现自己置身于一条陌生的街道上。不远处有一座简陋的小剧场，寒风吹得鲤鱼旗哗啦啦地响个不停，旗子上写着从未听过的魔术师的名字。

是表演魔术。

二郎脑袋昏昏沉沉的，站在小剧场外看着墙上的招贴，上面画着各种魔术表演的场景，用浓艳的油彩极尽渲染。跳舞的骷髅、美人鱼、木棒穿身、会笑的人头等等，都是令人惊讶的诡异画面。

不知为什么，二郎就像个梦游者一般，漫无目的地走进了小剧场。

随着精彩的节目一个接一个地上演，二郎渐渐被吸引住了，暂时忘记了眼前的烦恼。天色渐暗，表演也进入了最后的高潮。首席魔术师戴着系有铃铛的尖帽子,脸上涂满厚厚的白粉,一身小丑的装扮。魔术师娴熟高超的表演手法,看得二郎眼花缭乱。

咦,在大型玻璃槽里扮演美人鱼的姑娘不是文代小姐吗?如此说来,那个首席魔术师应该就是那个企图给明智注射毒药的罪犯首领了吧。这些家伙竟然伪装成魔术师来到了玉村家附近,实在是胆大包天。但又一想,知道文代真实身份的只有大侦探明智小五郎一个人,而他已经溺水身亡。所以,其实他们安全得很。

二郎当然对此一无所知,只是惊讶于台上精彩的表演。

幕布缓缓拉开。

舞台上是黑色背景,场内也是漆黑一片,只有一盏射灯把光柱投向了舞台中央,那里有一把极为奢华的大椅子。身穿燕尾服的报幕员从舞台一侧上场:

"接下来请大家欣赏的,是本魔术团最精彩的节目——美人解体。这是本魔术团团长兼首席魔术师远赴欧洲之际学到的。他将用剑砍下坐在这张椅子上的美女的头和四肢,将身体砍成好几段,然后再将七零八落的肢体重新组合起来,当然,美女一定会安然无恙,并将微笑着向大家致意。"

报幕员说完退回了后台。

一身盛装的文代登台亮相,首席魔术师也手持利剑走上了舞台。两人向台下鞠躬行礼后,文代坐到了那张椅子上,首席魔术师和两个助手就站在她的前面。文代开始一件件脱去身上的衣服。

三人突然闪开,现出了身后的椅子,只见一个全身赤裸的年轻女子被一道道绳索牢牢地绑在了椅子上,眼睛被一块黑布蒙着,嘴里也塞着东西。

刚才三人并排站在椅子前面,当然是为了遮挡台下观众的视线,文代脱衣服只是分散注意力的障眼法。其实在脱衣服的同时,椅子已经转了一圈,文代已经趁机躲到背景幔帐后面去了,再次出现在观众眼前的只是一具很像文代的人偶。

二郎虽然知道一些这类魔术的手法,但这个人偶做工实在太精致了,加之场内的灯光效果,他甚至觉得这个人偶正在呼吸。

二郎紧盯着朦胧光束下的人偶，越看越觉得那是个活生生的姑娘。难道那个什么首席魔术师每次表演都要杀掉一个年轻姑娘？

不仅如此，二郎总觉得那人偶似曾相识，尤其是脸型和肩颈的曲线是那么的熟悉。

"难道我还在噩梦里？"

二郎近来总是有这种感觉，他只觉得一阵目眩。

肢解美女的表演终于开始了。首席魔术师夸张地举起利剑，同时大喝一声，用力向人偶的大腿劈下。随着一股猩红液体喷涌而出，一条大腿滚到了舞台上，与此同时，二郎似乎听到了人偶痛苦的呻吟。

人偶当然不可能呻吟，一定是有人在幕后配音。但二郎几乎跳了起来，他终于想起来了，那脸型、那身材、那声音，那人偶简直就跟花园洋子一模一样。

二郎忘记了前后左右的观众，猛地从椅子上站起来就要冲上舞台。

"不,不,我怎么如此冲动,这不就只是魔术吗?"

理智最终占了上风,二郎重新坐回了椅子上。

被台上的表演吓到的不只二郎一个,好些女观众尖叫着捂住了眼睛,有的甚至落荒而逃。

但无论如何,表演还在继续,先是腿,然后是胳膊,最后首席魔术师手中剑光一闪,人头滚落,猩红的液体如同火山喷发一般从腔子里喷涌而出。舞台上简直成了修罗地狱。仍然绑在椅子上的躯干此时再没了生机,就像一具干瘪的蜡像。二郎只觉得好像花园洋子本人遭受到如此酷刑似的,脸色惨白,浑身抖个不停,极力压抑着内心的恐惧。

很快,后台响起了欢快的音乐,表演进入了美女复活组装的阶段。

配合着音乐的节奏,首席魔术师依然以十分夸张的动作拾起散落在舞台上的头和四肢,"嗖嗖"地投向绑在椅子上的躯干。好像是被吸上去的,这些肢体一下就归位了,最后当头接回去的时候,竟然微笑起来。首席魔术师把绳索解开,取下蒙在眼上的黑布和塞在嘴里的东西，那美女立刻站了起来，迈着优雅的步子来到舞台前，微笑着向大家行礼——千真万确就是文代。

观众席上爆发出雷鸣般的掌声和喝彩声。

二郎知道，这只不过是椅子重新转回来，原先那个姑娘就坐在上面，头和四肢用与背景相同的黑色幕布遮掩着。当魔术师把残肢扔过去的时候，两个助手将遮挡头和四肢的黑布逐个撤下，在台下看起来就像残肢重新拼成了活生生的姑娘。

虽然天气寒冷，但二郎却不停地冒着汗。就在帷幕落下的时候，他听见舞台上传来姑娘"啊"的一声悲鸣。

后面还有其他节目，但二郎已经没有心思再看下去了。他摇摇晃晃地站起身来，从那些兴高采烈的观众中间穿过，来到了街上。星空下，黑压压的建筑毫无声息，街上连行人也不见一个，整条街一片死寂。

刚走出五六步，二郎猛地停下了脚步，他觉得不能就这样离开，虽然自己也不清楚到底要干什么，但他还是梦游般地绕到了小剧场后门。后门很窄，昏暗的灯光在地面上投射出一块模糊的长方形，映出了一个佝偻的身影。他像做贼那样踮起脚尖走到门前，手扶门框鬼鬼祟祟地朝里面窥视。突然，破旧的门框支撑不住他身体的重量，发出了"咯吱"一声，二郎吓得连忙缩回脑袋，就在那一瞬间，那人也回过头来，两人四目相对，二郎突然像见鬼一般惊叫着落荒而逃——那人竟是音吉。

音 吉

不知什么时候弄错了方向,二郎怎么跑都没看到自己家的影子,只是在小镇上绕着圈子,不知不觉间来到了镇外一片昏暗的树林里。

穿过树林,能隐约看到前面的灯光,但不知道是因为夜色太浓还是树木太密,二郎就像在深山里迷了路一样。这样的树林原本很常见,白天经过也不觉得有什么,但也许是因为接二连三的刺激,今晚二郎只觉得格外恐怖,更觉得自己在噩梦里了。

"一定……一定……那家伙一定就埋伏在这片

树林里，不知道什么时候就会从阴暗的角落里扑出来。"

二郎想起了小时候听过的鬼故事，觉得音吉那张脸会突然出现在自己面前，紧张得连汗毛都竖了起来。

就在这时，他果然发现前面一棵大树下蹲着一个奇怪的人影。

"果然在，那家伙肯定就是音吉。"

二郎极力控制住自己的恐慌和想要逃跑的两条腿，躲在一棵树后观察。千真万确，那家伙分明是音吉。他紧张得险些叫出声来，正要趁对方没发现自己尽快逃走，却发现音吉似乎是躲在树后偷窥着什么。

二郎努力试图看清楚音吉在偷窥什么，可树林里光线昏暗，音吉藏身的那棵树又挡住了视线，正当他开始变得焦躁起来的时候，音吉前方的黑暗里突然又出现了一个黑影。二郎还没反应过来，那黑影已经朝自己这边过来了。然后就听到一声大喊，两个黑影扭打成了一团。原来是音吉先发制人，扑了上去。

两个黑影在地上滚作一团,被扑倒的家伙不甘示弱,但音吉动作矫捷,力道十足,完全不像个老人。很快,音吉占了上风,那人被死死地压在了下面,嘴里含糊不清地叫喊着。

二郎看到这里,奋不顾身地冲了上去。虽说还没弄清楚究竟是怎么回事,但他不可能帮助嫌疑最大的音吉。

"你这个畜生!"

他大叫着扑向正骑在对方身上的音吉。

三个人顿时纠缠在一起,开始了新一轮的厮打。不管音吉身手如何高明,以一敌二总是难有胜算。那人挣扎着从地上站起身来,用尽全身的力气把音吉撞开,几个蹿纵跳跃就消失在了黑暗中。

只剩二郎与音吉一对一,他可不是音吉对手,几下就被摁倒在地无法动弹。

"你是什么人?"

音吉的声音出乎意料的洪亮。

"松手!我是玉村二郎!"

"什么？你说什么？你是二郎？"

音吉惊讶地松开手，站了起来。

"你怎么到这里来的？"

"你才是，鬼鬼祟祟地在这里干什么？刚才你想把那人怎么样？"

二郎一把抓住音吉的前襟，反问道。

"二郎，你误会了，快松手。"

"我怎么可能松手！"

"那你打算怎么办？"

"你难道还不明白，当然是把你送到警察那里！"

"警察？你真是误会了。"

"别废话！我知道得一清二楚，你就是罪犯！杀害福田叔叔的是你！伤害哥哥和妙子的是你！绑架洋子的也是你！总之，都是你干的好事！"

"你胡说些什么！我知道你一直在怀疑我，可没想到你竟然给我添了这么大麻烦！"

"添麻烦？我给你添什么麻烦？你是说我妨碍你杀刚才那人了吧。"

"现在就是再追也不可能抓到那家伙了。真是的，净添麻烦！"音吉满是遗憾，随后换了种语气对二郎说，"为了消除你的怀疑，我给你看一样东西，来吧，我也需要确认一下。"

二郎听他这么一说，更加提高了警惕，只觉得这是个圈套，所以一路上仍然死死抓住他的衣襟不放。

"带火柴了吗？划一根看看。"

二郎一声不吭，用另一只空着的手取出打火机，"啪"的一声打着了。音吉就借着这微弱的光，在地面上寻找起来。

"找到了，在这里。"

音吉指向一块地面。那是一个一米见方的土坑，好像是新挖的，可以看出泥土的颜色与周围不一样，旁边还有一把铁锹。音吉拾起铁锹挖起土来。看样子，他确实是有什么东西要给二郎看，二郎于是松开了手，把打火机凑近了地面，照着音吉挖土。

"这下面埋着什么？"

"还不能确定,但我想……"

"你想?"

"是非常可怕的东西。"

音吉说完不再多说,只是用力挖土。不一会儿,土里露出一条麻袋。

"来,帮一下忙。"

二郎抓住麻袋的一角,麻袋很沉,两个人费了好大的劲儿才把它搬出土坑。

"这是什么?麻袋里装着什么?"

"可能就是我想的东西,不知道你有没有勇气看。"

一听这话,二郎心头一惊,满脑子都是可怕的画面,恨不得放下麻袋转身逃走。

"快,打火机。"

音吉的语气不容置疑,二郎又打着了打火机。借着微弱的火光,音吉解开了袋口,然后抓着麻袋底一抖,一些东西从里面滚落出来。等看清这些东西,两个人都不由得倒吸了一口凉气。

"这不是人偶,是人!"

二郎脸色苍白，大声说。

"是的，那不是人偶。"

音吉好像也看了之前的魔术表演，所以知道二郎在说什么。

"这到底是谁的尸体？"

"我们来确认一下。"

两个人互相看了对方一眼。其实，这人是谁，他们都心知肚明。

音吉找出人头，凑近打火机，眼睛还蒙着。解开那块黑布，那张脸果然是下落不明的花园洋子。

"疯了，一定是疯了，不然怎么会做出这种事来！为什么要在这么多人面前折磨她？那些家伙一定是疯了，竟然把这种酷刑当作节目表演！"

"是复仇，跟隅田川上的狱门舟事件一样，凶手的目的就是让尽可能多的人看到被害人的惨状。"

音吉出奇地镇定，二郎却只觉得一阵阵发晕。

"所以你才故意把已经埋在土里的尸体挖出来给我看。这下你的阴谋得逞了吧！"

"你胡说什么……"

"凶手就是你！不然的话，你一个打扫院子的老头为什么要到这种地方来？每一次案件发生时，你都在附近。还有，你用弹弓打碎妙子的茶杯，又试图擦掉大门上的粉笔字。说，你到底是谁！"

两人沉默了一会儿，音吉像是做出什么重大决定似的，以一种完全陌生的声音说道：

"这么说，你还在怀疑我？"

他一把拉过二郎拿着打火机的手，凑到自己的脸前。

"好吧，二郎，请你仔细看一下我的脸。"

二郎面前是一个从没见过的年轻男人，一直驼着的背挺得笔直，总是垂着的头也抬了起来。

"还不知道我是谁吗？"

男人说着扯下了灰白的假发、眉毛和胡子，露出一张三十几岁的精干面容。

二郎呆呆地打量着这张脸，忽然想起曾经在报纸上看到过的照片。他知道眼前这人是谁了，就像遇到幽灵似的，不由得连连后退。

替 身

"你,莫非……"

"明白了吧。"

"明智小五郎!"

"是的。"

"可是,你应该已经死了啊!"

"你不是已经看到我还活着吗?"

"那新闻媒体的报道是怎么回事?还有,中村警部在自己家里举行的告别仪式又是怎么回事?那么隆重的追悼会难道……"

"那是为了骗过凶手采取的不得已的非常手段。

近来发生的这几起前所未有的恶性案件，都是同一个家伙犯下的。他为了杀掉你们全家人报仇，已经谋划了四十多年，还把我当成唯一的阻碍，在犯案之前就绑架了我。他准备得如此周密，仅靠常规的侦破手段是很难抓住他的，所以跟中村君商量后，我们决定合演这么一出戏，利用新闻媒体的报道骗过凶手。这样我才能以音吉老人的身份潜伏在你们家保护你们。"

原来如此。二郎这才明白，为什么每次案发现场都有音吉出现，妙子和一郎，都是多亏了他才能幸免于难。至于用弹弓打碎妙子的茶杯，是因为茶里有毒，当时大喊示警绝非上策，因为凶手可能就在附近，那样的话就会暴露身份，打草惊蛇了。

"原来真是我给您添麻烦了，实在抱歉。现在快报警吧，让他们马上赶到剧场。"

"不，还是算了吧。你回家去吧。我自有打算。"

"为什么？"

"凶手现在肯定已经逃之夭夭了，即便现在赶到那里，也只能扑个空。"

"那现在要怎么办？"

"回家睡觉。今晚的事绝不能让其他人知道，这是最最重要的。别的事情你就不用操心了，都交给我吧。音吉这个身份已经不能再用了……"

明智说到这里突然停了下来。在打火机微弱的火光下，二郎看见他脸上渐渐浮现起掩饰不住的喜色。只见他迅速蹲下又起身，手一扬，就听到十米开外的黑暗里传出"啊"的一声惨叫。原来是刚才逃走的那个家伙又偷偷摸了回来，躲在树后偷窥，被明智一个石块击中了。

"追！"

明智话音未落，已经追了上去。

被石块击中的家伙忍着疼痛在黑暗的树林里拼命逃窜，明智和二郎紧随其后，三人很快就都跑出了树林，来到了小镇上。

"如果那家伙刚才一直都在树林里的话……还有机会……说不定还没惊动主犯。"

明智一边追，一边断断续续地说。

二郎听到还有机会抓住凶手，心里顿时充满了对那个首席魔术师的无比愤恨。

越追越近了，十米，八米，五米，三米……就差一点点了，明智甚至一度碰到了那人的肩膀，但最终还是被他挣脱后溜进了小剧场。

既然这家伙逃进了小剧场，就说明主犯一定还在里面。他应该是为了向主犯报告才跑回这里的。

"二郎，你守住这里，后门是条死胡同，他们要逃走只有这一条路。魔术师一出来你就把他抓住。还有，快找人去报警。"

明智吩咐完，立即追进了小剧场。

明智来到后台，逐个搜查每个房间，却连个人影都没发现。他又来到前台，幕布已经放下，能听到观众席上的喧哗和女人的尖叫。

"喂，我是警察，有没有人从观众席逃走？"

明智抓住一个还握着降幕绳的剧务人员问道。

"没有，他们都往后台跑了。"

这人是小剧场的工作人员，跟那些魔术师没有任何关系。

舞台上还放着那个贴着黑色丝绒布的大箱子，

下面有一滩血迹。明智仔细检查了箱子，没有任何发现。他又找到那个工作人员，让他带路回到后台。穿过后台四处堆放的道具时，一个剧场工作人员小声报告说：

"是朝那边跑的，就是堆放魔术道具的地方。"

"有没有人逃到舞台下面？"

"没有，我一直在这里，没看到什么人。"

明智点点头，按那人指的方向追去，两个工作人员也跟在后面追了上去。那里堆满了稀奇古怪的魔术道具，每件道具后面都可以藏身。

"警官，那里，在那里！"

一个工作人员对明智小声说，他真把明智当成警官了。

"在哪儿？"

"那个箱子里。"那个工作人员指着一个长条箱子，用小得几乎听不见的声音说道，"刚才我无意中瞟见那里面躺着一个家伙，穿着奇怪的衣服。"

三人立即包围了那个箱子。明智把手搭在箱盖上。箱子里一点动静都没有，里面的人似乎连呼吸都屏住了。三人做好了准备，防备里面的家伙猝然跳起发难，说不定他还有什么凶器。

交换一个眼神之后，明智猛地一把掀开了箱盖，什么事都没有发生。凑近一看，黑洞洞的箱子里，横躺着一个"人"，还是个"女人"，一动不动。

"是人偶，表演'美人解体'用的。"

虚惊一场之后，三人继续搜索。随着不断深入后台，光线也越来越暗，可以藏身的地方越来越多。

突然，明智伸手抓住头上垂下的两根"棍棒"，使劲儿一拽。是脚！是犯罪团伙成员的脚。那人趴在挂在半空的道具上，随着幔布撕裂的声音，重重摔到了地上——是首席魔术师的助手。

"首席魔术师去哪儿了？"

明智用力将他的手臂反拧到背后，那家伙吃不住疼，很快就松口了。

"那边……那边……"

顺着他手指的方向看去，果然有一个模糊的人影。三人顾不上这个助手，一起朝那边追了过去。奇怪的是，那人影一直站在原地，还伸出两只胳膊，像鸟的翅膀一样伸展着，慢慢晃动。

"喂，等一下！那是镜子，是镜子里的影子。"明智大喊。

两个工作人员一愣，回头看向身后，只见天花板下拉着一根钢丝，那家伙正平伸双臂保持平衡，在上面慢慢挪动。

剧场一角有梯子通向天花板，三人立即跑过去开始往上爬。明智的身手自不必说，两个工作人员对这种爬上爬下早就习以为常了，动作十分敏捷。

魔术师此时已经来到了钢丝的尽头，见三人追了上来，沿着天花板上的横木向观众席逃窜。

于是，一场空中的追捕开始了。

此时，观众席已经空无一人了，大家都被吓跑了，只有五六个胆大的好事之徒远远观望。剧场的工作人员也赶来助阵，其中还能看到玉村二郎的身影。警察也赶来了，几个身穿制服的警官接到报警后以最快的速度冲进了剧场。

终于，魔术师被赶到了一个角落里，再也无路可逃了。突然，他手里寒光一闪，原来是掏出了一把明晃晃的匕首。不过，他并没有把匕首指向明智三人，而是对准了自己的脖子，摆出了要自杀的架势。

这是怎么回事？难道他要用自杀来威胁明智和警方吗？一个谋划四十多年，一生都为复仇而活的人怎么会这么轻易结束自己的生命？这跟他之前的种种行为简直太不相称了。明智开始怀疑起来。

"喂，你是首席魔术师吗？"

"不，我是杂技演员。"

那人的声音很小，还有些颤抖，但明智还是听得清清楚楚。他再也不管什么匕首，径直冲了上去，一把抓住那人的衣襟——果然，只是个微不足道的年轻人，脸上涂着很厚的妆，看不清本来的相貌，但脸的轮廓完全不对。刚才在光线昏暗的后台，只是凭借服装就断定这人就是魔术师，所有人都追了过来。

明智一把推开那人，直奔后台。虽然已经迟了一步，但他还是觉得有必要再搜查一番。

下了梯子，明智一眼就看见了玉村二郎。

"不是让你守住门口吗？"

"我们都来捉拿主犯了啊。既然已经知道他就在天花板上，只要他下不来，门外的警戒不就毫无意义了吗？"

这话也不无道理。就连明智都认定天花板上的家伙就是主犯，而且也确实已经抓住了他。

明智顾不得后悔，连忙安排警官仔细搜查了剧场内外，但一伙贼人早已逃之夭夭了。

于是众人开始审讯被抓住的年轻人。原来他有盗窃的前科，被首席魔术师抓住了把柄。当察觉到大事不妙，首席魔术师就骗他说警察已经找上他了，让他赶快化装，又换了衣服。做贼心虚的他立即照做了，而且认定明智等人就是来抓他的，这才引起了这场骚乱。

交　易

明智现在也是左右为难。如此大费周章，甚至连追悼会都办了，好不容易潜伏在玉村家，却因为二郎的莽撞暴露了身份。现在又被对方如此戏耍，使他的自尊心受到了极大的伤害。另一方面，这也极大地激起了他的斗志。此刻，他站在小剧场门外，大脑飞速运转，当务之急是搞清楚那些家伙往哪边逃了。

明智就那么一动不动地死死盯着地面。渐渐地，他的表情松弛下来，紧皱的眉头也舒展开了，最后嘴角竟然浮现出一丝笑意。

"好，我们现在就去追捕罪犯，我大概知道他们往哪边跑了。"

明智说得胸有成竹，二郎和警官们都大吃一惊。

"哪边？"

"大家照我说的做，应该不会让你们失望的。"

明智说着已经大步向镇里走去，其他人赶紧跟上。

每到一处街角或者岔路，明智都会毫不犹豫地选择一个方向大步前进，好像有什么别人看不见的路标在指引着他。就这么走过了五六条街巷，一行人来到了一条大路上，整条街道灯火通明。

"啊，我知道了，明智先生，您是靠这些东西来确定方向的吧？"

二郎终于发现了明智的小秘密，兴奋地大喊起来。其他人也连忙顺着他手指的方向看去，只见路上撒着非常细碎的五色纸。之前的街巷光线昏暗，这些纸片又过于细碎，所以大家一直都没有发现。

"这像是谁留下的记号。明智先生,您知道是谁吗?"

"这是魔术表演用的一种道具。幸好今晚没有风,不然早就都被吹散了。我们只要沿着这些标记,应该就可以追踪到罪犯们的藏身之地了。"

"可是,罪犯为什么要自己留下这样的线索?"

"不是罪犯。我敢断定,留下这些记号的是他女儿文代。"

"他也好,他女儿也好,还不都是一样?"

"不,你觉得奇怪也是正常的。但文代与她父亲截然不同,心地十分善良。只是因为无法更改的血缘关系才不得不跟他们在一起。之前她就从他父亲手下救过我。也许是今晚的惨剧终于让她忍无可忍了,才下定决心给我们留下了线索。"

明智简单地讲述了之前他被绑架到船上的经历。

一行人沿着纸片标识的线索,不知不觉间离开了小镇,来到了一处荒凉的海边。线索就在这里中断了。举目四望,前面的山丘上有一栋孤零零的宅院。走近一看,门窗紧闭,里面漆黑一片,一点声音都没有。

警官立即分散开包围了这处宅院,明智和二郎则装作问路的游客上前敲门。起初,里面一片寂静,过了好一会儿才隐隐透出了一丝光亮,房门被打开了一道缝。

"谁?"

声音很轻,里面似乎包含着隐隐的期待。是文代。

"是我。"

明智走上前去,两人就那么隔着房门面对面地站着。当确定眼前就是自己一直在等的人的时候,文代的眼里有泪光闪过,却没有再多说一句话。

"快,快!"

在文代引导下,明智和二郎都进了屋。门后是一个十来平方米的小客厅。

"没事吧?他们没察觉吧?"

"没事。屋里只有两个人,我爸爸和你在树林里遇到的那个人,其他人都分头逃跑了。他俩正在房间里喝酒。你们快去,今晚一定不要再让他们逃了。"

文代稍稍停顿了一会儿，接着说道：

"这样吧，你们先把我绑起来。我是主犯的女儿，是他们一伙的。"

"为什么？你现在不是站到我们这边了吗？"

"快把我绑起来，不然我就大声喊了。出卖父亲的女儿被绑，也是理所当然的。"

文代已经泣不成声了。明智和二郎十分理解她此刻的心情，暂时把她绑起来对她来说恐怕也是种解脱。于是两人照她说的，象征性地把她绑在了客厅的柱子上，然后蹑手蹑脚地朝屋里摸去。

屋子里一片漆黑，只有走廊尽头的房间漏出一丝光线。两人来到房门前，凑到门缝上向里窥视。

手肘撑在桌上喝酒的正是罪犯首领，但由于视野受限，没能看到另一个人。他恐怕就坐在桌子对面吧。罪犯首领只是不住地灌酒，一句话也不说，难道……

就在明智想到这里的时候，已经迟了一步，背后被什么坚硬的东西顶住了。

"举起手来!"

不知什么时候,之前在树林里的那个男人双手各拿着一把手枪,分别抵在了明智和二郎的背上。两人毫无防备,只好乖乖举起了双手。

"欢迎,欢迎,我料定你会来,恭候多时了。"门开了,罪犯首领出现了,得意扬扬,"我该怎么称呼你呢?是音吉老人,还是明智小五郎?算了,这些不重要,难得光临寒舍,就请你们看一下我的魔术吧。"

"这边!"

背后的手枪抵着两人,把他们赶回了客厅。

"好了,明智君,就请你看看我女儿被你捆绑的样子吧。"

明智被枪口顶得踉跄了几步,险些撞上文代。就在这时候,枪口离开了他的后背,机会来了。明智一个箭步转到文代身后,迅速掏出手枪,枪口抵在了文代的头上。

"哈哈哈……开枪吧。这种吃里扒外的东西死了最好。我应该感谢你才是。"

没想到罪犯首领不但毫不慌乱，反而哈哈大笑起来。

"是吗？可是一旦开枪，外面的警察听到枪声也会马上冲进来的。"

"这我当然知道。但那样的话，你也就杀了人，警察来了也不会放过你的。哈哈哈……而且，你还是先好好看看那姑娘是谁吧，哈哈哈……"

明智闻言大吃一惊，连忙看向被绑的姑娘。不对！她不是文代！不知什么时候，绑在柱子上的变成了玉村妙子。不仅手脚被绑得结结实实，就连嘴巴也被塞上了。

"哈哈哈……没想到大侦探也有这种不知所措的时候，哈哈哈……"

罪犯首领哈哈大笑，并且把枪口对准了妙子。

玉村妙子是在医院病房外散步的时候被绑架到这里来的，之前就被藏在客厅一角的箱子里。就在明智和二郎在走廊里窥视的时候，那名罪犯迅速把她扛出来，替换下了原本被绑在柱子上的文代，文代则被装进了那个箱子里。

"了不起,了不起,不愧为魔术师,甘拜下风。"

明智笑着把手枪扔到了地上,那名手下马上捡起来塞进了衣兜里。

"喂,别那么紧张,这只不过是我在你们后台捡到的小道具。"

"没有这个小道具,你就不能兴风作浪了。"

"你们可别忘了,这里已经被警察包围了。"

"是啊。不过,在他们进来之前,玉村妙子恐怕就已经死了。跟她一命换一命,我也不亏。"

"哈哈哈……既然如此,你的脸色怎么会这么难看?你精心准备了四十多年,不会就是为了杀掉玉村妙子吧?你的目标绝不仅仅是她一个人。这样的买卖还能叫不亏?"

明智这番话说得对方哑口无言,脸上一阵青一阵白。

"好,你既然知道得一清二楚,我也就不逞强了。我们索性做笔交易吧。我让你带走玉村妙子,你出个价吧?"

"放你走?如果我不同意呢?"

"那我就一枪打死她，然后再拼个鱼死网破。"

"你的命可没那么值钱。好吧，我同意放你走，在你离开之前我不会让警察进来的。"

"你不会再耍什么花招吧？"

"哈哈哈……放心好了，即使是对你们这种罪犯，我也一定会言而有信的。"

妙子自由了，她一下扑进了明智的怀里，瑟瑟发抖。两名罪犯从箱子里拉起文代，拽着她一起从后门逃跑了。就在他们刚到后门的时候，明智已经打开前门，吹了一声口哨：

"罪犯好像是在某个房间里，但这里面太黑，还有他们手里有枪，请大家一定要小心。"

警官们异常谨慎地逐个房间展开搜索，两名罪犯带着文代，瞅准机会逃进了漆黑的夜色里。

电　影

　　牛原耕造是玉村宝石店的第一大客户，是个两年前从美国回来的暴发户。他热衷于收集宝石，短短两三个月里的花费就令一些名门望族、富商巨贾望尘莫及。他没有妻室也没有子女，却买下了一处大宅院，雇了好几个用人。

　　习惯了美国式生活的牛原非常随性，由于经常光顾玉村宝石店，很快与玉村善太郎成了好朋友，彼此间还常常相互拜访。

　　明智救下妙子的一个月后，玉村善太郎应邀带着家人出席了牛原耕造举行的家庭宴会。

客厅的摆设非常随意,榻榻米上铺着地毯,上面摆着桌椅。日式的建筑和西式的家具极其不协调,但牛原似乎对此颇为得意。

"欢迎,欢迎。没什么好招待的,与其说请你们来吃饭,倒不如说是请大家来欣赏妙子的钢琴和我收藏的宝石。"

牛原的应酬十分得体,这正中玉村善太郎的下怀。他这次来的主要目的,就是要看一看牛原收藏的一颗大钻石。据说那是牛原从一个美国富商手里高价买下的,非常名贵。

餐桌上,牛原不时说起在美国的奇闻异事,逗得大家哈哈大笑,气氛十分融洽。吃过餐后甜点,终于进入了玉村善太郎期待已久的环节。

"现在就给你们欣赏一下那颗传说中的钻石吧。"

说着,他从另一个房间拿来一个小木盒。

五个人一起凑了上去。

盒盖打开,里面铺着黑色的天鹅绒,足有十几克拉的大钻石在灯光的照射下熠熠生辉。

"哇,真漂亮!"

妙子忍不住赞叹道。

一郎和二郎也都惊叹不已。

玉村善太郎毕竟是宝石专家,一声不吭,只是一直盯着钻石。

"怎么样,玉村先生,这东西物有所值吧?"

"何止物有所值,您简直捡大便宜了……"

玉村善太郎说到这里,突然像被噎住似的停了下来,满脸惊恐,手里的钻石"啪"的一声掉在了桌上。

"玉村先生,您怎么了?脸色怎么那么难看?"

牛原吃惊地问道。

"这钻石我有印象,您是从什么人手里买来的?"

"一个美国富商。他说这是他从美国带来的。"

"胡说!这不是他从美国带来的,而是在日本搞到手的。这钻石上有一处肉眼几乎看不见的微小瑕疵,如果不是刻意查找,很难发现。这样的瑕疵绝对不会出现在同样的两颗钻石上。这,是赃物!"

"什么？赃物……"

"对，不仅是赃物，还跟一桩命案有关。"

"命案？这……您说命案，那被害人是……"

"我弟弟，福田得二郎。去年十一月，我弟弟遇害，他收藏的一颗价值连城的钻石也不翼而飞了。"

"十一月的话，岂不是狱门舟事件？"

"是的。牛原先生，这颗钻石可以成为追捕凶手的重要线索。关于卖给您这颗钻石的人的情况，您还知道多少？"

"是吗？这就是那颗报纸上说的失窃的宝石？好吧，我来查一下。据我所知，卖给我钻石的美国人已经回国了，但是他还有亲友留在日本。明天我就去拜访他们。"

这意外的发现让大家的心情沉重起来。为了活跃气氛，牛原话锋一转：

"这个话题就暂时告一个段落吧。难得请你们来，原想让你们放松一下，没想到还是绕回到了近来的惨案上。放心吧，我一定会查清楚这钻石的来龙去脉。这样吧，我最近迷上了十六毫米的小型电影,剧本也是我自己写的,就请大家一起来看看吧。"

自己拍的电影?不要说三个年轻人了,就连玉村善太郎也一下被勾起了兴致。

"这个房间效果不好,我有一个放映室,是地下室改造的,最适合看电影了。实际上,我所有的放映器材也都在那里,银幕就挂在那里的墙上。"

牛原说着带领四人来到了隔壁房间,拉开壁橱门,掀起壁橱的底板,露出了通向下面的黑洞洞的台阶。

"还真是有些阴森可怕啊。"

玉村善太郎调笑道。

"谁知道地下室为什么会在这种地方,也许是上一任房主的奇怪癖好吧。"

牛原若无其事地答道,然后率先走下了台阶。

台阶尽头有一扇铁门,旁边堆放着许多砖块。地下室只有十来平方米,四壁和天花板、地板都是红砖砌成的。放映器材和桌椅摆得到处都是。牛原把放映机放在一张小桌上,又让四人都坐好。

"现在开始。"

牛原说着关掉了电灯,地下室里顿时黑得伸手不见五指,随着放映机"咔嗒咔嗒"的转动声,银幕上渐渐映出了模糊的影像,地下室里也终于有了极其微弱的光。

画面上出现了一处宅院,宅院的各个部分被非常巧妙地收入了镜头。不知是不是身处这阴暗的地下室产生的错觉,玉村家的四个人总觉得画面中有一种说不出的诡异的凄惨气氛,简直就像是一场噩梦。

电影既没有配乐也没有旁白,所有登场的人物虽然有的哭,有的笑,还有的说着什么,但一点声音也没有。这是一部无声电影。

故事就发生在这处宅院里,看出场人物的服装、发型等,时间应该是明治初期。

银幕上出现了一个美女,大概是宅院主人的妻子。她还有一个青梅竹马的情人,男主人不在的时候,他就偷偷溜进来偷情。两人私通的场景拍得十分高明。男主人最终还是发现了两人的秘密。银幕上出现了男人怒不可遏的样子和痛苦扭曲的表情，能看出来，他对妻子是真爱。

男主人装作一无所知，并且托关系接近妻子的情人，发现那人也有家室，过着优渥的生活。妻子和她的情人继续交往。男主人却买下了一处大宅院，并在宅院下面建造了一个红砖砌成的地下室。他买下的宅院就是牛原耕造的家，修建的地下室就是众人所处的这个房间。

这是一种奇特的错觉，仿佛电影和现实奇诡地交织在了一起。

电影中，地下室已经基本完工，只有一小块砖墙还没砌上。不知什么原因，男主人打发工匠们走了，然后自己拿起铁锹在未完工的墙上挖了起来。镜头一转，一个地洞挖好了，大小刚好可以容纳一个成年人。男主人看着挖好的地洞仰天狂笑，面容狰狞，让人毛骨悚然。

下一个镜头，男主人已经换好了和服，在客厅里等什么人。那客厅就是众人刚才吃饭的房间，只是西式的家具换成了明治时期的日式摆设。也许是事先约好了，妻子的情夫前来拜访。男主人设宴款待。

"饭后也会来这个地下室吧？"

就在众人这样想着的时候，两个男人果然一前一后地来到了这间地下室。就连走过的路线都跟刚才众人下来的路线完全一样。这实在是太诡异了。

两个男人都喝得酩酊大醉，男主人不怀好意地哈哈大笑，不明所以的情夫也跟着笑，银幕上出现了两个男人的面部特写。

男主人指了指地洞，情夫误以为那是条通道，一弯腰就钻了进去。哈哈哈哈哈哈，哈哈哈哈哈哈，摔倒在地洞里的情夫还在哈哈大笑，对即将到来的惨祸全然不知。

突然，男主人脸色一变，他只是装作喝醉了。只见他异常兴奋，极其敏捷地拿起堆在一旁的红砖，又拿起抹泥刀，舀起事先准备好的灰泥，开始垒起砖来。

地洞里，那个醉鬼还在傻笑，眼睁睁地看着男主人以惊人的速度砌着墙。单调的画面持续了一段时间,终于,这项可怕的作业完成了。再砌上五六块砖,地洞就完全封死了。

地洞里的男人还在大笑,银幕上出现了洞口的特写。

终于,男主人封上了最后一块砖,拍了拍身上的灰土,心满意足地看着自己的杰作。然后走出地下室,关上铁门,脚步轻快地上了台阶,回到客厅,将杯中的残酒一饮而尽。

遗 书

电影到这里就结束了。

玉村家的四个人都被一种难以言喻的恐怖感紧紧攫住,半晌没有开口说话。

终于,牛原打破了黑暗中的沉默。

"玉村君,这电影你看明白了吗?"

玉村善太郎有一种可怕的预感,紧紧抿着嘴唇,一声不吭。

"那好,我来告诉你。这是五十多年前的事。被封在这个地下室里的男人就是我的父亲。而那个杀人凶手就是你的父亲玉村幸右卫门。当然,这地下室发生的事情你也许并不知道,但有一个叫奥村源次郎的人抛妻弃子下落不明的事,你总该听说过吧。世人对此议论纷纷,都说源次郎一定是做了什么坏事或者欠了巨额债务跑路了,谁都不知道原来他已经绝望地死在了这个阴暗狭窄的地下洞窟里。我绝不相信父亲会这么抛下我们母子,所以这些年来,我一直没有放弃,历经千辛万苦终于找到了这里,在墙上看到了他用碎石刻下的遗书。从那一天起,我的人生就是为了复仇。我,就是奥村源次郎的儿子,奥村源造。"

"牛原君,别开这样的玩笑……"

玉村善太郎声音颤抖。

"玩笑?你很清楚这不是玩笑。刚才看到那颗钻石的时候你就应该已经怀疑我了吧。没错,福田得二郎就是我杀的。不光是他,我要杀光玉村家所有人,为我的父亲报仇。"

由于极度的亢奋,牛原的声音已经近乎疯狂了。

"我从来就不知道这回事。我的孩子们更是对此一无所知。父辈的恩怨让后辈来承担根本毫无道理。你把我们骗到这里来到底要干什么？"

玉村善太郎的辩解苍白无力。

"你想知道吗？去银幕后看看吧，然后你就什么都知道了。"

玉村善太郎刚要过去，就听到背后一阵脚步声，紧接着是"咣当"一声巨响，铁门被关上了，然后是上锁的声音和牛原近乎癫狂的大笑。

一郎和二郎连忙冲向铁门，用尽全身的力气想要把门撞开。但铁门极其牢固，根本无济于事。妙子摸索着按下了电灯开关，但灯并没有亮起，大概是牛原已经在外面拉下了电闸吧。

"不好，我们被困住了。"

铁门外，五十多年前的事情再次上演了，牛原开始砌墙，门外的红砖显然也是早就准备好的。

"太黑了，有没有火柴？"

"啪"的一声，一郎打着了打火机。

借着微弱的火光，玉村善太郎一把扯下了银幕，露出了后面的砖墙。墙上的泥灰已经脱落了，很容易就可以把砖拆下来。父子三人开始一块块地取下砖头，地狱的入口越来越大。

"打火机给我，看看里面的情况。"

玉村善太郎从一郎手里接过已经开始发烫的打火机，把头探进了已经半米见方的洞口。突然，只听他"啊"的一声惨叫，急忙把头缩了回来。他满色惨白，五官扭曲，鼻尖上渗满了汗珠，特别是打火机的火光从下往上照过来，更显得格外恐怖。

一郎和二郎都吓得连连后退，妙子更是发出了惊恐的尖叫。

"什么？爸爸，里面有什么？"

"尸体，五十年前被封在这里面的男人的尸体。那家伙说的都是真的。"

一郎和二郎闻言冲到墙边，双手抠住砖缝用力向后一拉，早已老朽不堪的砖墙"哗啦啦啦"地倒了一地，露出了后面的一个深坑。深坑里的尸体已经风干了，裹着的衣服也已经破烂成了一堆布条。尸体的手指抠在土中，双腿异常地弯曲着，身体扭曲，牙关紧咬。见此情景，兄弟二人也不由得"啊"地大叫了一声。妙子更是瘫软在地，身子缩成了一团。

眼前尸体的惨状让四个人都感受到了奥村源次郎死前的绝望。玉村善太郎不由得跪了下去，开始为亡者念经超度。突然，他发现地上的几块碎砖上似乎刻着字，刚才奥村源造说的遗书大概就是这个了。他连忙叫两个儿子一起，把有文字的碎砖拼凑了起来，费劲儿地辨认着那些令人毛骨悚然的文字。

阿操　阿操　阿操

真想再见你一面

我已经出不去了　再也出不去了

我已经不能呼吸了

黑　好黑啊

阿操　我要死了

为我报仇啊

玉村幸右卫门

是他把我活埋在这里

让那个混蛋　还有他的儿子　孙子　都跟我受同样的苦

胸口要裂开了

阿操　阿操　阿操

字迹极不工整,有大有小,歪歪斜斜,只能勉强辨认。

"现在知道那个家伙有多么残忍了吧?"

门外传来了奥村源造的声音,他一直在通过铁门上的窥视孔朝里窥视。

"你父亲与别人的妻子私通,才会遭到这样的报应。虽然可怜,但跟我们有什么关系?快开门,放我们出去!"

二郎忍无可忍,拍打着铁门叫嚷着。

"哈哈哈……私通?你什么都不知道,别在这里胡说八道了。这件事我已经调查得清清楚楚。听好了,事情的真相是这样的:阿操和我父亲奥村源次郎原本是青梅竹马的情人,是玉村幸右卫门依仗身家横刀夺爱,硬生生地拆散了他们。自从得知爱人下落不明,阿操就茶饭不思,日渐消瘦。当时她已经怀孕了,玉村幸右卫门知道那是奥村源次郎的孩子，就把她赶出了家门。阿操无依无靠，在一个大杂院里生下了孩子，之后不久就去世了。那个孩子成了孤儿，没有父母的孩子要遭受什么样的痛苦，你们知道吗？那孩子就是我。我就是阿操和奥村源次郎的孩子。我诅咒这个世界！我想知道自己的父亲是谁，在哪里，于是自从懂事起就不顾一切地查找父亲的下落。终于，十七年前，我发现了这个地下室，找到了父亲惨不忍睹的尸体，读了父亲刻在墙上的遗书。从那一刻起，我人生所有的意义就是复仇，不惜一切代价。虽然玉村幸右卫门已经死了，但就像父亲遗书上写的，他还有儿子、孙子，我要杀光玉村全家，以告慰父亲的在天之灵。为此，我苦读犯罪学书籍，专门研究毒药的配置，练习射击，还拜魔术师和杂技演员为师，一边锻炼自己的能力，一边为复仇大计筹集资金。

"四十年了，我终于练成了一身本事，也攒够了钱，自信复仇的计划万无一失。但就在这个时候，明智小五郎回国了，而且一出手就破获了蜘蛛男事件。我知道，他是我最大的威胁。事实也确实如此，对付妙子的时候是这样，对付一郎的时候还是这样，他总是在最关键的时刻出现，让我原本完美的计划功亏一篑。

"于是，我不得不调整自己的计划。原本我是想把你们一个一个地杀掉，让你们尝尽恐怖和悲伤的滋味，最后再把玉村善太郎一个人引到这里来，把他封死在这个地下室里。但现在，我只好把你们全家一起封死在这里面了。虽然那样太便宜你们了，但事到如今，就让所有的这一切在今天晚上结束吧。

"我要说的就这么多了。现在，我就要把这铁门外的墙砌上了，就像五十多年前玉村幸右卫门做的那样，让你们真真切切地感受到我父亲当时的痛苦和绝望。"

说完这些，奥村源造不再理会地下室里四个人的叫骂和哀求，只是一声不吭地砌着墙。又过了一会儿，砌墙的声音也没了。铁门外已经被完全封死了。

访 客

明智将整个身体陷进沙发里,思考着近来接二连三的凶案。时钟敲了十一下,但他丝毫没有睡意。

从海边那栋房子里救出玉村妙子已经一个多月了,这一个多月来,明智不敢有丝毫松懈,但是那魔术师却不见任何动静。那栋房子、小剧场、沿海的船只都仔细搜查过了,什么线索都没有。对方毕竟精心筹划了四十多年,不会那么容易被抓住马脚。

就在明智苦无对策的时候,突然响起了敲门

声。明智没想到这么晚了还有访客,疑惑着起身开了门。

门外站着一个姑娘,衣领高高竖起,遮住了半边脸。

"你是……"

"快让我进去,千万不能被人发现。"

"那,请吧。"

既然是侦探,各种奇特诡异的事情早就已经司空见惯了,明智一侧身,将那个姑娘让进了屋里。

"对不起,这么晚还来打扰您,但实在是事发突然。"

姑娘说着脱下了外套。

"文代?"

"是的,我好不容易才抽身来这里的。快,我们得马上出发。事关玉村全家的性命,晚了就来不及了。"

"别着急,先把大致情况说一下,到底怎么回事?"

原来,文代被关在停泊在隅田川的那艘船上,无意中偷听到了隔壁房间的对话，正是将玉村一家四口困死在地下室里的阴谋。文代得知后心急如焚，趁机逃下船，拦下一辆出租车直奔明智的住所（既然罪犯首领将明智视为头号劲敌，他的住址自然是一清二楚）。

"我是五点左右偷听到这一消息的，为哄骗父亲的手下开门，费尽口舌，浪费了不少时间。好在那阴谋要施行的话需要一整晚的时间，现在赶去应该还来得及。但愿还没到无可挽回的地步。"

"你是指？"

"要想从那个地下室逃出来，只有从地洞那里挖地道。但这其实是个陷阱。他们一旦向上挖通地道，就会挖到一个池塘底部，水就会灌进来，他们就死定了。"

明智听到这里，赶忙拨通了中村警部的电话，简要说明了情况，并告知那处宅院的地址，约定在那里见面后就挂断了电话。

"我这就出发。你就在这里等我回来吧。"

明智考虑到文代毕竟跟罪犯首领是父女，还是让她回避的好。

"不,我也去。我熟悉那里的情况,能帮得上忙。"

但文代已经下定了决心。

于是,一辆载有明智和文代的汽车在深夜的街道上疾驰,直奔小石川方向。

营救

地下室里,经过之前的惊恐、愤怒、绝望,玉村家的四个人已经慢慢冷静下来。稍稍恢复元气的玉村善太郎在黑暗里对他的子女喊道:

"喂,你们都给我打起精神来!还没到放弃希望的时候!只要我们从那个地洞里向上挖出一条地道,通到地面上,就可以从这里逃出去了。"

"对,我们可以拆下椅子腿挖土。"

一郎马上表示赞同,接着划着了第二根火柴,三个男人立即借着火光做好了挖土的准备。在火柴熄灭之前,他们来到地洞里确定了方位,然后就在一片漆黑之中奋力挖了起来。

　　事情比预想的要顺利得多，土质异常松软，这样挖下去，很快就能挖到地面了。三人大受鼓舞。可就在这时，三人突然感到头顶有水珠滴滴答答地不断滴落下来。还没等他们多想，水珠就连成了线，水线越来越粗，连同洞顶的泥土一起冲了下来，简直就是一道泥浆瀑布。

　　三人大叫着连忙从地洞里退了出来，泥浆瀑布紧随其后冲进了地下室。三人只能缩在黑暗的角落里，竖起耳朵听着水声，盼着能快停下来。但水声越来越大，地下室里的泥水很快就淹没了脚面，一转眼又没到了膝盖。

　　"火柴，快，火柴！"

　　听父亲这么一喊，二郎赶紧划着了最后一根火柴。只见泥浆瀑布还在倾泻而下，狭小的地下室已经形同游泳池，水面上还翻滚着浊浪。

　　"妙子呢？"

　　二郎发现妙子不见了，连忙四下寻找，可就在这时火柴却熄灭了。

水已经没到腰了，来不及找妙子了。

"我们上当了！这地洞上面肯定有池塘或者水池之类的东西，只要我们向上挖土，就会挖到那里，水就会灌进来。"

"畜生！这样一来，我们反而自己加速了自己的死亡。"

明智赶到的时候，警方已经展开了搜索。

"没发现任何人。"

一名警官向明智报告说。

"玉村一家人被关在地下室里。搜查过地下室了吗？"

"我们找不到地下室的入口。"

"那正好，我这里有向导。文代，地下室在哪儿？"

文代恰好从院子里急匆匆地赶过来。

"再不快点就来不及了！池塘里的水位正在急剧下降，看来他们已经中计了。"她边说边跑进隔壁房间，打开了壁橱门，"入口在这里，快！"

地下室里，水位还在不断升高。一郎和二郎已经在开始踩水,一左一右架着父亲。玉村善太郎似乎已经听天由命了,悲哀而低沉地念起经来。还是不见妙子的踪影,恐怕……

正是严冬时节,泥水冰寒刺骨,三人的身体渐渐麻木,失去了知觉。

明智和一众警官冲到了铁门外,但此时那里已经砌起了一道砖墙。虽然墙是新砌的,水泥还没有完全凝固,但如果只有明智和文代的话,肯定是来不及救出玉村父子的。好在还有警官们。大家使出浑身解数,又找来各种工具,终于拆掉了砖墙,然后砸开了铁门上的锁。

铁门一开,浑浊的泥水立刻涌了出来,站在前面的警官险些被激流冲倒。玉村父子三人被抬到了地上的客厅里,放在榻榻米上。此时三人已是奄奄一息。警官们又是生火,又是烧开水,用尽一切办法让他们三个暖和起来。忙活了好一阵子,三人才醒了过来。

"妙子,妙子呢?"

玉村善太郎最关心的还是女儿的下落。

可大家无论怎么搜索,就是不见玉村妙子。

不单是她,奥村源造也不见了踪影。

明智见唯独少了妙子,就问文代知不知道是怎么回事。

"他们说过,要把妙子带到船上。"

"要怎么样才能只带她一个人出去呢?"

"地下室有一个隐蔽的小窗,从那里出去就能到院子里。"

明智跟着文代来到那处隐藏在草丛里的秘密出口,在出口旁的草丛里发现了一个银制发夹——是妙子的。

"看来他们是趁玉村父子挖土的时候偷偷带走了妙子。现在她大概已经被带到船上了。快,带我去找那艘船。"

"可是,就你一个人……"

"别担心。磨磨蹭蹭会赶不上的。人多了反而容易打草惊蛇。我已经想好对策了。"

于是,两个人立即驾车赶往隅田川。

按照文代的指引,明智把车停在了月岛海边一处偏僻的空地上。在月光下，可以远远看见水面上停着一艘汽船。附近应该有接驳船。

"有暗号吗？"

"有。"

文代说着，掏出火柴划着，举起来挥动了两三次，然后就把尚未燃尽的火柴扔进了海里。

不一会儿，随着"吱嘎吱嘎"的摇桨声，一艘小船划到了岸边。

明智敏捷地隐蔽在石墙后。

"是文代吗？"

"是的，你是三次吧？"

"嗯，你父亲已经回来了，正到处找你呢。"

"他一个人回来的吗？"

"不，还有那个姑娘。"

"三次，你上岸帮我拿一下东西好吗？"

文代事先与明智商量好，诱骗三次上岸。

"什么东西？你买什么回来了？"

三次没多想，把船停在岸边，上岸了。

"在哪儿呢？"

"在这里!"

明智突然跳了出来。

"你是谁?"

"别害怕,只要你老实别出声,我就不会开枪。"

明智手上的枪对准了三次的胸口。

三　次

"诸位弟兄，开怀痛饮吧！今天，我终于完成了神圣的使命。明天早晨，我要再上岸去看一下今晚的结果，我们的任务就完成了。我将会按照承诺，给每个人一大笔钱，你们下半辈子都可以衣食无忧了。我也马上就要远走高飞了。哈哈哈……"

奥村源造喜不自禁，自说自话着不停地灌酒。

听说马上就能拿到足够自己下半辈子花销的酬金，一众手下无不喜气洋洋。

文代和三次回来的时候，正好赶上所有人一起举杯。

"瞧，文代回来了。"

"文代？"奥村源造立即变了脸，"把她带过来。我有事要问她，你们先去别的房间喝。"

"今天是大喜的日子，就别对文代那么严厉了。"

大家明显都对文代有好感，不希望她受到严厉的处罚。

"我知道了，你们先去吧。"

奥村源造已经喝醉了，额头上青筋暴起，双眼布满了血丝。

手下们都离开了，房间里只有他们父女二人。

"你去哪里了？"

"我去买一点化妆品……"

"胡说！你又去找明智那个混蛋了吧？"

"怎么可能？您怎么能那样说……"

"别装傻！之前在这船上放走明智的不就是你吗？"

奥村源造越说越生气，顺手抓起面前的杯子朝文代扔了过去，杯子"呼"地从她脸旁飞过，在身后的墙上砸了个粉碎。

文代吓了一跳,刚要转身离开,就被奥村源造一把抓住手腕,用力一拽,摔倒在了地上。奥村源造拿起旁边的绳子,朝文代身上抽打起来。

"喂,快说实话!你这个吃里扒外的东西!说实话!"

"就算你是我父亲,我也不能帮你干这种事。"

文代强忍着被鞭打的疼痛,斩钉截铁地说。

"好,好,说得好!我这就要你好看!"

奥村源造怒不可遏,扔掉手里的鞭子,一脚狠狠地踢在了文代的肚子上。

文代一声惨哼,倒在地上不动了。

"活该!轮到那个放你上岸的混蛋三次了。喂,快去把三次叫到这里来。"

听到首领的怒吼,一名手下跑到房间里,见文代被打倒在地上,吓得站着直发愣。他们清楚,首领一旦发怒,什么事都干得出来。

"喂,愣着干什么?快去把三次那个混蛋带到这里来!"

手下唯唯诺诺地出去了,过了好半天才战战兢兢地回来，一个个满脸疑问。

"三次不见了。到处都找过了，没见到他的影子。"

"什么？小船还在吗？"

"在。"

"那家伙绝不会跳海的。好，我这就亲自去找他，你们哪个敢包庇他，绝饶不了。"

他怒气冲冲地在船上转来转去，转了半天，还是没能找到三次。

"畜生！我倒要看看你究竟能躲到什么时候。"

暴跳如雷的奥村源造骂骂咧咧地回到之前的房间，前脚刚跨过门槛，就大叫一声愣在了原地。

是三次！怪不得之前怎么都找不着他。原来，他见奥村源造离开，就溜进了房间。文代已经醒了，两人正说着什么。

奥村源造先是一惊，随即一股无名火陡然升起。

"三次，你忘了我是怎么命令你的？你胆子不小，竟敢让文代上岸。"

他大叫着扑向三次。可三次的动作十分敏捷，一个闪身就躲开了,扑了个空的奥村源造一个趔趄扑倒在地。

三次穿着脏兮兮的工作服,帽檐压得极低,黑色的机油弄得满脸都是。

奥村源造觉得不对劲儿,三次平时憨憨的,怎么会有这么好的身手,而且还敢跟自己作对。

"你是不是疯了,敢跟我对着干!"

可三次满不在乎地站在那里。

奇怪!这家伙跟平时不一样。

奥村源造冷不防一把拽下三次头上的鸭舌帽。

"啊,你,你到底是谁?"

"哈哈哈……你忘了?"

"谁?快说出你的名字!"

"你再仔细看看,我是谁?"

"啊,明智小五郎!"

"不错,这回你跑不掉了!"

明智一边说一边快速转身关上了房门,这样他那些手下就进不来了。

"哈哈哈……"

突然,奥村源造捧腹大笑。

"大侦探先生,你晚了一步,晚了一步啊!我的使命已经完成了。喂,你明白我说的意思吗?你千方百计想阻止我,结果还是晚了,已经结束了。玉村一家人在哪里,怎么样,你知道?哈哈哈……"

"你是不是想说,玉村一家在地下室里淹死了?"

"什么?你,你怎么知道……"

奥村源造惊讶得说不出话来,眼看着额头上渗出了汗珠。

"放心,玉村父子三人都平安无事,正在家里喝着热汤呢。"

一听这话,奥村源造整张脸都扭曲了,仿佛一瞬间褪去了血色,然后又涨得发紫。明智还从未见过如此恐怖的表情。

奥村源造双手抱头,踉跄着倒在椅子上,好一会儿才稍稍平静下来。

"那你知道玉村妙子在哪里吗?"

"你想说她被你关押在对面的小房间里吧?我已经拿到了钥匙,让她从里面把门锁上,还给了她一把枪。"

奥村源造闻言，极力克制着自己紧张的情绪，竭力思索最后的脱身之计。

"你打算怎么处置我？这艘船上你就一个人，而我还有七个手下。这船又可以驶到任何地方。不光玉村妙子是人质，就连你也是人质。你这是飞蛾扑火，哈哈哈……"

他一边笑一边迅速把手伸到了抽屉里。

"你要找这个吧？"

明智说着从口袋里掏出一把手枪。

"混蛋！"

奥村源造气急败坏，却又不敢扑向拿着枪的明智。

"文代，我们出去吧，还有重要的事要做。你父亲嘛，就让他在这房间休息一会儿吧。"

文代哭着离开了房间。明智随后在外面上了锁。

"好了，你拿着这个。"

明智把枪留给文代，去甲板上抓那些爪牙，刚巧迎面就碰上一个。

"喂，三次，你去哪儿了？我们大家都在找你。"

"我不就在这里吗？你快把大家喊来，就说找到了。"

"喂，大家快过来，三次在这里。"

不一会儿，奥村源造的七个手下陆续赶来了。这些醉鬼中有一个还算清醒，突然对眼前这个"三次"产生了怀疑，径直走到明智面前。

"你说你是三次？三次怎么会是这副模样？"

经他这么一说，其他人也反应了过来。

"对，他不是三次。"

"你到底是谁？"

"我是明智小五郎。"

明智十分镇定。

"什么？"

七个人一齐瞪大了眼睛。

"别动，除非哪个想挨枪子。"

明智身后闪出了握着枪的文代。

"这不是文代吗？这，这到底是怎么回事？"

"也没什么，就是把你们全都送进监狱。"

原以为是庆功宴,一众爪牙喝得兴起,谁都没带着武器。此时,他们已经酒醒了大半,一点点地退向身后的舱房,想要趁机取枪。终于,最后的那个家伙来到门前,一个闪身溜进了舱房,其他人也一个接一个地蹿了进去。

明智任由他们都进去,等最后一个家伙企图关上房门时,才一脚跨进门去,用尽全身力气顶开房门,与文代一起进了舱房。

此刻,已经有七把手枪对准了他们。

末　路

"我好像失算了啊,七支手枪,你们都瞄准了我哪儿呢?头?胸口?还是现在正喋喋不休的嘴?"

明智边说边指着自己的头、胸口和嘴。七个歹徒明明都握着枪,却完全被他的气势压倒了,一个个不由得连连后退。

"开枪!"

其中一人突然喊道,他们这才回过神儿来,纷纷扣动扳机。

"怎么好像没有子弹?"

"再试试看。"

"好!"

"畜生!"

接着又是"咔嚓咔嚓"的扣动扳机的声音。

"你们以为我上船后什么也没干?实话告诉你们,我早就做好了战斗准备。不然我怎么可能只身犯险?看,我还给你们准备了绳子,就等你们自投罗网。"

文代的枪口始终瞄准着他们。于是,七个歹徒一个不剩,全被绑了个结结实实。

明智把他们锁在舱房里,和文代一起,向关押奥村源造的舱房走去。离那间舱房还有一段距离的时候,就听到了从里面传出的猛烈的撞门的声音。

"怎么办?"

文代有些惊慌失措。

"没关系,他折腾累了自然就会停下来了。"

可是正所谓困兽犹斗,此时的奥村源造已经近乎疯狂了,舱房的门板已经被他撞得裂开了。又是一阵"吱吱嘎嘎"的木头断裂的声音之后,舱门被撞开了一个大洞,奥村源造就从那个大洞里蹿了出来，然后就像出膛的炮弹一样在甲板上狂奔起来。难道他要跳海逃跑？然而明智对此却无动于衷，只是不紧不慢地在后面跟着。

此时，东方的天空已经微微泛白。

奥村源造跑到一侧的船舷，正要纵身跃入大海，突然"啊"地大叫一声，目瞪口呆地僵在了那里。

"哈哈哈……怎么样？这回我可是大获全胜。"

拂晓的海面上回荡着明智爽朗的笑声。

蒙眬的晨雾中，可以看到水上警察的大型汽艇正严阵以待。中村警部带着大批荷枪实弹的警官，虎视眈眈地盯着奥村源造。奥村源造见此情景，一声怪叫，返身又钻进了船舱。

明智仍旧不慌不忙地跟在后面。

奥村源造径直跑到船舱底部，划着一根火柴，点燃了一条已经浸过油的布条，扔进了墙角的一个箱子里。

"啊，危险，是炸药！"

随后赶来的文代惊叫道。

大势已去的奥村源造决心与明智和文代同归于尽。

但过了好一会儿,也没有预想中的猛烈爆炸发生。

"哈哈哈……我怎么会漏了这里呢?炸药已经被我弄湿了,你再等下去也不会爆炸的。"

明智直截了当地给了他最后一击。

"啊——我,我……"

奥村源造发狂似的撕扯着自己的头发,发出的嘶吼已经更近似于野兽。突然,他猛地扑向了明智。

"求求你了,杀了我吧!杀了我吧!我忍受不了这种屈辱!"

"爸爸,爸爸!"

文代不忍心看到亲生父亲这般模样,放声哭了起来。

"这样丑态百出,你难道不觉得羞耻吗?即便是恶人,也应该敢做敢当。接受公正的判决吧。"

明智一把推开奥村源造,冷冷地说。

奥村源造此时已经神志不清，被明智一推就摔倒在了地上。突然，他不知又想起了什么，疯疯癫癫地跑回了自己的舱房。明智跟在他后面走进舱房的时候，他已经找出了一个黄色的小药瓶，死死握在手里。

"啊，你终于想到那玩意儿了。"

奥村源造根本不理明智，把瓶子里的药一股脑地吞了下去，然后就瘫软在椅子上，双眼无神地看着前方。

"怎么样？苦吗？到底是什么味道？有点怪吧？像不像香槟？"

明智调笑道。

奥村源造一听这话，原本木然的脸上表情开始急剧变化，先是愤怒，然后是癫狂，最后痛苦地扭曲起来。他双手捂脸，哭了起来。

"你竟然连最后的尊严也不给我留下。你才是恶魔！恶魔……"

明智见他如此痛苦，竟也隐隐有些后悔起来，自己是不是做得太过分了。

但恶魔终究是恶魔。奥村源造止住了哭泣，对明智发出了世上最恶毒的诅咒。他被彻底激怒了，精神已经失常了。到最后，竟然从眼中流出了鲜血。

明智和文代大吃一惊。

"怎么了？喂，怎么回事？"

明智连忙跑上前去，想把他捂在脸上的双手拉开。可奥村源造死死地捂着脸，怎么也不肯松手。

"爸爸，爸爸，你到底怎么了？别哭了，是我不好，是我背叛了你，让你落到这种地步……可我实在想不出其他办法……"

奥村源造闻言松开双手，抬起头来，突然使出全身的力气把文代推倒在地。

"混蛋！你们两个是天底下最大的混蛋。"

野兽般的咆哮在舱房里回荡。

奥村源造叉开双腿站在舱房中央，整张脸都被血染红了。他刚刚试图咬舌自尽，却没能如愿。

"哼，怎么样？我死给你们看！大侦探先生，你好不容易抓到的罪犯马上就要变成一具尸体了！

我只要再用力咬一次，一切就都结束了。"随着他含混不清地嘶吼，鲜血不住地从嘴角流出来，"在那之前，我还有几句话要说。不要以为自己大获全胜，更不要洋洋自得，我还没输。告诉玉村父子，即便我死了，我燃烧着复仇怒火的冤魂也会一直缠着他们，直到他们死去，一刻也不会离开……大侦探先生，你对我的话不屑一顾，我看得出来……可我是魔术师，死不瞑目的魔术师。等着瞧吧，我在地狱等着他们。"

说完这些，奥村源造突然目露凶光，死死地盯着天花板。

"等着瞧吧！你们等着瞧吧！"

他用尽最后的力气大喊道，然后猛地咬断了自己的舌头。只见他额头青筋暴起，倒在地上抽搐了几下之后就再也不动了。

文代见状当场昏了过去。

与此同时，明智身后也传来一声闷响，是玉村妙子。混乱之中，不知她什么时候也来到了奥村源造的舱房里，看到刚才恐怖的一幕，也昏了过去。

毒　蛇

　　中村警部站在水上警察的大型汽艇上，焦急地呼喊着明智的名字。天已经大亮，可贼船的甲板上却连一个人影也没有。他担心明智的安全，决定无论如何先登船搜查再说。

　　中村警部能够及时赶到当然不是碰巧。

　　昨天夜里，一名警官巡逻到月岛海岸附近时，忽然听到了异样的呻吟声。他觉得奇怪，过去一看，发现一个男人手脚被绑，躺在地上，一边挣扎一边呻吟着。他借着手电筒的光仔细查看，发现那人虽然穿着一身西装，但怎么看都不合身，而且由于他在岸边的礁石上不断挣扎，西装已经破烂不堪了。

"怎么回事？跟人打架了？"

警官一边问一边就要上前给他解开绳子。突然，发现他胸前的口袋里别着一张纸条，用一个女人的发夹固定着。

"这是什么？"

警官取下纸条一看，这大概是从笔记本上撕下来的，上面潦草地写着：

　　这家伙是魔术师一伙的，请立刻把他给交警视厅中村警部。

明智小五郎

一看到上面写着"魔术师"三个字，这名警官立即跑到最近的派出所，打电话向中村警部报告。中村警部火速赶到现场，对那人严加审讯，从他口中知道了事情经过。

中村警部联系水上警察，请他们派出大型汽艇支援，并亲自带着大批属下乘汽艇赶到了贼船边。

明智一直没有回应，中村警部不禁担心起来，带着几名警官登船搜索。突然，一名警官大声喊道：

"啊！蛇！"

众人一惊，只见一条红黑相间的小蛇正从一间舱房里爬出来。三角形的蛇头和鲜艳的花纹明白无误地宣告了这是一条毒蛇。于是大家都一动不敢动地盯着它。那蛇似乎完全不把一众警察放在眼里，耀武扬威似的高昂着头，扭动着爬出舱房，一会儿就不见了。

大家跑到那间舱房门前一看，中村警部不禁大喜：

"明智君，原来你在这里啊！我……"

舱房里，地板上倒着三个人，一个男人已经气绝身亡，两个姑娘昏了过去，还有呆呆地站着一动不动的明智。看到这一幕，中村警部话说到一半就戛然而止。

"明智君，是我啊！"

他拍了拍明智的肩膀，明智这才缓过神来，简单向中村警部讲述了事情经过。

"辛苦你了。这次可以说大获全胜，虽然主犯死了，但这也是他罪有应得。团伙其他成员也被一网打尽了。"

中村警部命令警官们把两个姑娘抬到其他舱房好好照顾，然后把关押在船尾舱房里的七个团伙成员押送到水上警察的汽艇上。

"明智君，这艘船上竟然还有毒蛇，是不是这些歹徒养的？"

听中村警部这么一说，明智的脸色立刻阴沉下来。

"什么？你说什么？你看见那条蛇了？"

明智似乎十分激动，吓了中村警部一跳。

"嗯，看见了。体形虽小，但是条毒蛇，刚刚就是从这间舱房爬出去的。"

"我刚才也看见了，还以为是幻觉。可如果你也看见了，那就一定是真的了。那条毒蛇去哪儿了？"

中村警部告诉明智那条蛇消失的方向，他赶忙冲出舱房四下寻找，却什么都没找到。

明智无功而返，似乎很受打击，一脸落寞地对中村警部说：

"奥村源造死得非常凄惨。那家伙是一个执迷不悟的复仇狂，临死前还不停地大声诅咒，直到气绝身亡。他是那么的歇斯底里，我完全无能为力，甚至感到了恐惧。特别是他临死前的最后一刻，我好像看到那家伙满是鲜血的脸上，一条红黑相间的小蛇痛苦地扭动着，仿佛是从他嘴里喷出的鲜血凝结成的。那蛇扭动了一会儿，等奥村源造一死，就从他脸上爬了下来，高昂着头向我爬来。我吓了一跳，忙操起旁边的棍棒朝它打去。也许那蛇也意识到了危险，绕过了我，从舱门爬了出去。船上突然出现一条蛇本来就很奇怪，特别又是在奥村源造断气的同时出现的，这里面大有文章。难道那条蛇真是奥村源造复仇的冤魂？"

明智这番话让中村警部也觉得后背一阵阵发凉。

噩 梦

不管怎么说,轰动一时的魔术师大案总算告一段落了。主犯身亡,其他团伙成员悉数被抓。文代虽然也被关进了拘留所,但已经确定很快就会被无罪释放。

玉村一家终于恢复了往日的平静生活。两个月来,一切平平安安。不知不觉间,樱花开了。

这天一大清早,妙子和进一的房间里传出了难以形容的惨叫,所有人都被惊醒了。

"怎么回事?"

大家连忙赶过去一看,妙子正从床上支起上

半身，双眼圆睁，满脸惊恐地四下扫视。进一紧紧抱着妙子，浑身颤抖。不过，两个人好像都没受什么伤。

"做噩梦了？别怕。"

玉村善太郎安慰道，妙子却使劲儿摇了摇头：

"不是梦。有什么东西盘成一团压在了被子上，很重，我被压醒了，睁眼一看……"

"盘成一团？"

"是的，你们刚才在走廊上没看到什么人吗？大块儿头，简直就像相扑力士。"

一听这话，大家脸色全变了，不由得想到了福田得二郎被杀那晚流浪汉看到的那个光头大汉。

"相扑力士？"

"是的，刚从房间里出去。"

"那样的话，我们不可能都没看见啊。我们是从走廊两侧分别赶来这里的。"

"别说傻话，妙子，你肯定是鬼压床，做噩梦了吧。"

一郎仍然是坚定的无神论者。

"不，不是梦，我怎么可能被一个梦吓成这样。"

"那好吧。你说说，那相扑力士都干什么了，盘腿坐在你身上？"

"不，盘成一团的不是他，是一条红黑相间的小蛇。你看，这里还有印迹呢。"

"什么？你说什么？红黑相间的蛇……"

玉村善太郎大惊失色。一郎和二郎虽然并不知道详情，但也大概听明智说过奥村源造死前的情形。

"那蛇呢？"

"我吓了一跳，正要跳下床冲出房间，那蛇先我一步爬到了门口，就在那里，高昂着头，死死地盯着我。"

"后来呢？"

"后来……一个大块儿头的男人突然凭空出现在门前，就在我大吃一惊的时候，他已经冲出了门外。与此同时，那条蛇也不见了。"

"哈哈哈……简直就是石川五右卫门的忍术啊，哈哈哈……"

一郎放声大笑，但玉村善太郎却笑不出来。

难道奥村源造还活着？在船上自杀只是一场魔术，等风平浪静之后再继续他的复仇大计。

大家把屋里屋外仔仔细细地搜查了一遍，不要说什么相扑力士了，就连红黑相间的蛇也没有发现。

"爸爸，别那么担心，肯定是妙子做噩梦了。"

一郎安慰父亲道。虽然玉村善太郎还是放心不下，但既然什么都没有发现，也只好就此作罢。

两天后的晚上，玉村家再次发生了恐怖事件，这次玉村善太郎本人被吓坏了。

他正在院子里的池塘边看着里面的乌龟，忽然乌龟的脖子一下子伸长，变成了一条红黑相间的蛇。他惊呼一声，转身就逃，但那条蛇就像可以无限伸展一样，紧紧地跟在他身后。前面，三个孩子正有说有笑，他一边大呼"救命"，一边拼命向三个孩子跑去。等跑到他们三个中间，再回头一看，那蛇竟然变得有水桶那么粗了。还没等他们反应过来，大蛇已经把四个人都缠了起来。一股腥臭顿时扑面而来，冰冷滑腻的感觉更是让人毛骨悚然。

玉村善太郎惊叫着猛地睁开了眼睛，发现汗水已经湿透了床单。

"啊，啊，原来是梦……"

他长长地舒了一口气，刚要翻个身重新躺下，却发现有什么东西在被子上。定睛一看，他顿时歇斯底里地狂叫起来——是一条盘成一团的红黑相间的毒蛇！

玉村善太郎一跃而起，那条蛇爬到地上，转眼就不见了踪影。几乎与此同时，一个巨大的黑影在门口一闪而逝。

与妙子遇到的情况不同，玉村善太郎在房间里发现了一张纸条，上面写着"奥村源造"四个大字。

这次不能再听之任之了，玉村善太郎立刻向警方报告了这一情况，明智再次与警方携手侦查此案。

"难道魔术师还活着？"

消息不胫而走，闹得满城风雨。

警方甚至挖开了奥村源造的墓地核实。

奥村源造的尸体是死亡数天后埋葬的，经过检查没有任何异常，确实死了。可那魁梧大汉和红黑相间的毒蛇又是怎么回事呢？难道奥村源造是在确认即便自己死了，报仇的计划还是能够实施，才选择了自我了断？按照死者生前制定的计划实施犯罪，这简直闻所未闻。

奥村源造的八名手下都在监狱里服刑，警方对他们进行了严格的审讯，却没能得到任何有价值的线索，就连文代也对此一无所知。

可怜的玉村一家刚刚过上安逸的日子，又陷入了恐怖的深渊。为了保证安全，四个人的卧室搬到了紧挨着的四个房间，从里向外依次是一郎、妙子、玉村善太郎、二郎。一郎的房间在走廊的尽头，走廊上所有的窗户都封死了，二郎一侧的走廊出口有人昼夜值守。晚上睡觉的时候，四个人都会把自己的房间门窗紧锁。

即便如此，玉村善太郎还是不放心。大概是受之前被困地下室的影响，他始终担心自己的这栋宅子里也有什么暗道之类的，于是请来明智，把四间卧室里里外外彻底检查了一遍，确保万无一失。如此一来，不管什么样的蛇都进不来了，更不用说什么大汉了。玉村善太郎这才放下心来。

恰好一周之后的夜里，凄凉的笛声再次响起。第一个醒来的是二郎，他比任何人都要熟悉这笛声。

推开房门，连钥匙也来不及从锁孔上取下，二郎急匆匆地跑到走廊上，值夜的寄宿生正呆呆地站着。

"有人经过吗？"

"没有啊。"

看他一脸莫名其妙的样子，显然没看到什么魁梧的彪形大汉。

"你刚才听到笛声了吗？"

"嗯，听见了，挺奇怪的。"

"从哪里传来的？"

"玉村老爷的房间。"

二郎虽然觉得不可能出什么事，但转念一想，既然已经起来了，索性去父亲的房间看一看。

钥匙是四个房间通用的。他取来钥匙，尽量轻手轻脚地将门打开，突然，他发出了一声惨叫。

一郎和妙子刚才也被笛声惊醒了，听到二郎的惨叫都跑了过来。

"怎么啦？二郎。"

"爸爸，爸爸……"

一郎和妙子顺着二郎手指的方向看去，只见玉村善太郎，不，是玉村善太郎的尸体，已经从床上滚落到了地上。只见他双手抓挠着脖子，眼珠上翻，五官痛苦地扭曲着，牙关紧咬。最恐怖的是，他的脖子上缠着一条红黑相间的毒蛇。尸体周围撒满了野菊花。

笛声、野菊花，这些都是奥村源造的标志。

大概是众人的扰攘惊动了那条蛇，它从玉村善太郎的脖子上滑下来，就要逃走。

"畜生！这混蛋！"

一郎几步冲了上去，一脚就踩住了蛇头。那条蛇剧烈地翻滚挣扎，但一郎就是不松脚，还使劲儿碾了几下，很快，那蛇就软塌塌地不动弹了。

"这蛇到底是怎么进来的?"

二郎仿佛自言自语地嘟囔道。

不可思议!如果只是那条蛇也就罢了,刚才显然还有人在这房间里。不然怎么会有笛声,还有这些野菊花。

魔术师奥村源造确实已经死了,他的尸体正在墓地中腐烂。但玉村善太郎却死在了他标志性的杀人手法之下。这究竟是怎么回事?

不管怎么说,先报警。一郎立即给中村警部和明智分别打去了电话。接到电话,两人立即赶来,中村警部还带来了一队警官,对现场展开了缜密的搜查,结果什么线索都没有发现。

"明智君,你怎么看?这个案件我简直无从着手。"

中村警部说完叹了口气。

"嗯,如果说难以理解,我也这样觉得。"明智再也不是之前从容自信的样子了,"这房间就是一间密室,很难想象有人可以自由出入。即便有钥匙,也不可能躲过走廊上值夜的寄宿生。那个寄宿生已经在玉村家三年了，一直十分可靠，没有理由怀疑他。而且除他之外，这家里还有其他好几个用人，不可能都没有发现蛛丝马迹。但现在既然发生了凶杀案，凶手肯定是进了这个房间的。中村君，你知道不剥橘子皮就能取出橘子瓣的办法吗？用高等数学的公式分析，这是完全有可能的。也就是说，这次的犯罪或许属于高等数学的范畴。"

明智的话让中村警部更加莫名其妙了。

"中村君，我们必须换个角度审视这次的案件。换一个视角，即便同一件东西有时也会呈现出完全不同的样子。"

"你是说……"

中村警部好像隐约意识到了什么可怕的真相。

隔　帘

玉村兄弟俩都习惯每天早晨醒来后先在床上喝一杯咖啡。一天早上，两人喝完咖啡后不一会儿，肚子突然剧烈地疼痛起来，并且呕吐不止。好在两人都觉得这天的咖啡比平时的苦，只喝了一半。如果全部喝下，也许连性命也保不住了。经过化验，咖啡里有毒。警方盘问了玉村家所有的用人，但所有人都是在玉村家多年的可靠的老人，没有一个人有嫌疑。

中村警部束手无策，只好再次求助于明智小五郎。

中村警部赶到明智家的时候,他正聚精会神地伏案阅读一本大书。

"在看书吗?"

"不,只是翻开书思考问题。"

"什么问题?"

"能不能让文代早些出狱?"

"是啊,那姑娘太可怜了。她从一开始就站在我们这一边,无罪释放应该只是时间问题。"

"文代跟她那复仇狂的父亲截然不同,她不该承受这么多痛苦的折磨。"

"是啊。说到姑娘,妙子已经好几次跟我抱怨你对这次的咖啡投毒案漠不关心,希望你能多关注一下这次的案子。"

明智没有回答,眉头不知为什么皱了起来。

"其实不光妙子,我也想听听你的高见。玉村善太郎被害那天,你跟我说什么高等数学来着,这几天我一直在想,还是不明白你到底是什么意思。"

"不要把事情想得那么复杂,试着以婴儿般的毫无成见的眼光审视这次的案件,就会豁然开朗。"

"你是说心理盲点?我承认我实在是束手无策,倒是你,确实看清什么了吗?"

"当然。"

"这么说,你已经知道杀害玉村善太郎,在一郎和二郎的咖啡里下毒的凶手是谁了?"

"是的。"

中村警部大吃一惊。

"你不是开玩笑吧?"

"不是玩笑。"

"那好,凶手是谁?现在哪里?"

中村警部兴奋地追问。

"今晚十点,十点一到,我一定把凶手交给你。不要担心,绝对逃不掉的。"

明智出奇地镇定。

"你,你说什么?难道你已经抓住凶手了?"

"不要着急,我现在把地址告诉你,你记好了,今晚十点准时赶到那里,到时候我会把凶手交给你。地点是文京区Y町。坐都营电车在肴町下车,在团子坂大街右转,再在第三条巷子左转,穿过一条两边都是高大围墙的巷子,就会看到一座古老的西式建筑。那建筑已经荒废。走进石门,来到院子里,绕到屋子后面,你会看到并排的三个房间,最左边房间的窗子是开着的,你就从那里进屋。屋子里没有电灯,一片漆黑,但请放心,很安全。我就在那里等你。请务必一个人来。"

中村警部越发觉得奇怪,但他对明智一直是深信不疑的。

"嗯,明白了。可你是怎么找出凶手的?究竟是谁?"

"是一个完全出乎我们意料的人,你也认识。"

明智凑到中村警部跟前,小声耳语起来。

"这,这怎么可能?"中村警部惊讶得差点跳起来,"怎么会有这种事!……证据呢?你有什么确凿的证据吗?"

"要说清楚得花点时间。至于证据嘛,当然有。"

明智花了足足半个小时,向中村警部做了详细说明。中村警部听完后,终于认可了明智的看法。

当天晚上,明智的公寓又来了一位客人,玉村妙子。她中午就打来电话预约,所以尽管并不是十分欢迎,但明智确实是在等她。

"这么晚还来打扰,实在抱歉。"

"没关系。一郎和二郎还好吧?"

"谢谢您的关心。他们虽然还在卧床,但已经好多了。"

"那,说说今天晚上你来的目的吧。是有什么事吗?"

"也没有什么特别的。只是想请您尽快找出杀害父亲的凶手,这样我们兄妹三人也就能安心了。一郎和二郎中毒的事……我实在是非常害怕……请问有线索了吗?"

"别担心,从明天起就不会再出事了。"

"太好了!这么说,您已经知道凶手是谁了?"

妙子显得很兴奋,情不自禁地站了起来,紧挨着坐到了明智的身边。

"你那么想知道吗?"

"是的,我想尽快知道。"

"我确实知道凶手是谁了。"

"真的？凶手……"由于这一消息来得太突然，妙子的脸色猛然间变得苍白起来，"谁？是谁？"

"你真想知道吗？"

"嗯，当然。"

"你有这个勇气吗？"

"勇气？为什么需要勇气？"

"凶手就在一处废弃的宅院里，你有勇气跟我去吗？"

"那样的话，我，我不想去……不过，如果是逮捕的话……"

"当然要逮捕。可是，你不恨那个凶手吗？你不想亲眼看看她吗？"

"他杀了我父亲，我当然恨他。不过，那么恐怖的男人……"

"不，不是男人，凶手是女的，也是你认识的人。如果当面对峙的话，她是没有胆量加害于你的，毕竟她也只是个弱质女流。而且，你可以躲在一边悄悄地看，不会被发现的。"

"什么？我认识的？女人？我一点也想不出这样的人。"

"是一个非常意外的人。"

"难道是文代？"

"当然不是。她不是还在监狱里吗？是一个你绝对想不到的人。今晚十点，她就会落入法网。明天一早所有人就都会知道了。如果你等不及想提前知道，就跟我一起去吧。中村警部也会去的。"

"那，那废弃的宅院在哪里？"

明智又重复了一遍刚才告诉中村警部的路线，但最后进入屋子的方式却有所不同。

"进了石门之后一直往前走就是玄关，门只要轻轻一推就开。你进去之后，沿着走廊直走，有一间房门敞开的大房间，右侧墙上挂着红色的隔帘。隔帘后还有一个小房间，里面亮着灯。你就在隔帘的接缝处悄悄向里看就行了。凶手就在那小房间里。"

这实在是太古怪了，不但妙子，之前中村警部也觉得这样未免太繁琐了。

"你想知道凶手是谁,就一定要按我说的做。不然的话,会有麻烦。"

明智又重复了一遍对妙子的交代。

"可是,我总是觉得害怕,您能陪我一起去吗?"

"不行。我的工作是设下圈套引凶手去那空屋。把凶手交给中村警部之前,我不放心。"

"那,能否拜托中村警部跟我一起去?"

"也不行。他知道了肯定会责怪我为什么把秘密捅出去。你还是一个人去吧。不然你就别去了。"

妙子仍然不死心,一直缠着明智要他说出凶手的名字,可明智就是不松口。

离开明智的公寓后,妙子一直犹豫不决,究竟该不该去那栋空屋。最后,她还是决定去一探究竟。其实,只要等到第二天早上就会真相大白,但她已经等不及了。揭晓最后的结果固然恐怖,但等待的过程实在更让人害怕。一种无可名状的压力让她感受到了令人窒息的痛苦。

她在肴町车站下了车,按照明智交代的路线向那栋空屋走去,很快就来到了一处石门前。走进去，穿过杂草丛生的院子来到玄关前，果然轻轻一推门就开了。走廊尽头，依稀可见微弱的灯光。那应该就是明智先生说的房间了吧？妙子的心跳陡然加速，既有恐惧，还有一种莫名的期待。她蹑手蹑脚地向那个房间走去。

正如明智说的，房间很宽敞，右侧的墙壁上挂着红色的隔帘。

她踮着脚尖，屏住呼吸，小心翼翼地来到隔帘前，一动不动地竖起耳朵仔细听着，里面没有一丝声音。于是，她轻轻地把手伸向隔帘的接缝处，慢慢地掀开了一道缝隙，把眼睛凑了上去。

凶 手

　　一道细微的光线透过隔帘的缝隙照到妙子脸上，仿佛把她苍白的脸一分为二了。

　　她睁大了眼睛向里看，但缝隙实在太小了，什么也看不到。于是，她又把隔帘掀开了一点。

　　出乎意料的是，里面根本没有人。

　　她胆子大了起来，索性把隔帘掀了起来。现在，整个房间都看得一清二楚了，但还是什么都没发现，不但凶手，连可以藏身的地方也没有。

　　她索性探身进去，环视整个房间——竟是一个空房间。

她觉得不对劲儿了,明智应该不至于捉弄自己吧?

她终于按捺不住,一步跨进了里间。但只是一步,她就如石化了一般僵在了那里。

对面的墙上也挂着红色的隔帘,隔帘也被掀开了,也站着一个美丽的姑娘。

明智说凶手是女的,这么说,这姑娘就是凶手?

妙子的脸色更苍白了,瞪大眼睛,直愣愣地看着那姑娘。

对方似乎也十分惊讶,同样脸色苍白,同样瞪大了眼睛。

微弱的灯光勾勒出了两个姑娘对峙的奇异场面。

突然,妙子哈哈大笑起来,可是转眼间似乎又想起了什么,满脸的恐惧。

"啊!"

撕心裂肺的惨叫在空荡荡的房间里回荡着,妙子浑身颤抖,跌跌撞撞地冲出了房间。

就在这时,一个黑影挡住了她的去路。

"哈哈哈……你跑不了了!"

是个男人，毫不客气。他一把抓住了妙子的肩膀，手掌很大，臂力惊人。妙子根本无从反抗，而且之前的惊惧已经让她意识不清了，她就那么瘫软在了地上。

隔壁房间，黑暗中，三个人正凑在墙上的一个小孔前窥视。刚才妙子的一举一动都被他们看得清清楚楚。

"明智先生，妙子为什么那么害怕，还要逃跑？"

一个人把眼睛从小孔上挪开，小声问道。

"你看见那张脸了吗？"

被称为明智的那个黑影反问。

"是啊，我从没见过妙子那么害怕，简直就像换了个人似的。"

是玉村一郎。

"竟然会怕成那样，把我也吓到了。可是，妙子在害怕什么呢？"

另一个黑影插话了，是玉村二郎。

他们当然没看到妙子刚才看到的场景，才会有这种疑问。

"难道是因为她看见了凶手？杀害父亲的凶手？凶手真的就在那房间里吗？我们不是什么也没看到吗？"

二郎再次把眼睛凑到小孔上。

"是什么也没有，根本就没其他人。如果凶手真在那里的话，我们还在这里干什么，早就应该去抓住他才是。"

一郎对此确信无疑。

"中村警部现在已经将凶手逮捕了。"

"可是，那房间里明明只有妙子啊。别说凶手了，就连中村警部也没看到啊。"

二郎还是凑在小孔前，小声嘟囔道。

"哈哈哈……你们觉得奇怪也是难免的。跟我到那房间去，谜底就会揭晓了。"

明智旁若无人地大笑起来，玉村兄弟大惊失色，生怕隔壁房间的凶手发现自己。明智却毫不在意，带着两人来到了隔壁房间的红色隔帘前，让他们也像妙子刚才那样掀开隔帘自己看看。

"怎么回事，原来是面大镜子。"

"原来如此,妙子刚才看到的是镜子里的自己。"

"可是,明智先生,您刚才不是说妙子是因为看到真正的凶手才会那么害怕吗?"

"是的。"

"那凶手去哪儿了?"

"哪儿都没去,从一开始这个房间里就没有人。"

"这么说……"

两个人好像都模模糊糊地明白了明智的意思,但是……

"妙子从这个镜子里看到了真正的凶手。"

明智直截了当地说了出来。

"不可能,绝不可能……"

一郎不由得大叫起来。

"明智先生,您是说妙子杀害了自己的父亲?"

二郎气势汹汹地逼问明智。

"刚才不是请你们看证据了吗?"明智冷静地回答道,"妙子一开始大吃一惊,可紧接着就笑了,因为她发现只不过是面镜子而已。但马上,她又害怕起来，惊叫着想要逃跑。谁会因为看到镜子里的自己就那么害怕呢？她怕的并不是那个，而是她意识到自己中了我的圈套，明白我已经知道了她就是真正的凶手。"

明智的解释完全可以说得通，特别是兄弟二人刚刚确实亲眼看到了妙子的表现。但他们无论如何也无法想象自己的妹妹为什么要杀害亲生父亲。

"那她的动机呢？妙子没有理由这么做啊！"

二郎叫道。

"动机嘛，很简单，妙子既不是你们的妹妹，也不是玉村善太郎的亲生女儿。"

明智的声音不大，但听在玉村兄弟耳中，无异于晴空霹雳。两个人都被这突如其来的消息惊呆了，瞠目结舌，半天合不拢嘴。

"她是奥村源造的女儿，这是千真万确的事实。当年，奥村源造买通了一个护士，将两个刚产下的女婴调了包，用自己的女儿换走了你们的亲妹妹。"

"这么说，文代才是……"

"是的，她才是你们的同胞手足。当然，我有确凿的证据。我已经找到了当年的那个护士。"

"可他为什么要这么做?"

"为了复仇。他让自己的女儿在玉村家长大,等她懂事之后,再告诉她事情的真相,让她协助自己完成复仇计划。从某种意义上说,妙子就是潜伏在你们家的间谍。因此,无论你们如何严密戒备都无济于事。"

"即便您这么说,我也还是想再见一见妙子,我要听她亲口承认这一切。她大概已经被中村警部逮捕了吧?"

"是的。中村警部正在等我们过去呢。那个曾经被奥村源造收买调换女婴的助产护士也在。还有一个你们无论如何也想不到的帮凶。"

客厅不知什么时候已经灯火通明,不时传出女人尖利的咆哮。一郎和二郎跟在明智后面走了进去。

是妙子,正在冲着中村警部声色俱厉地怒吼。

"妙子小姐,你再怎么虚张声势也没用的。刚才的情形,不光我和中村君,你的两个哥哥也看得一清二楚。那惊恐的表情和慌乱的动作就是最好的证明。"

明智不无怜悯地对妙子说。

"哥哥,这到底是怎么回事?他们居然怀疑我……"

妙子见哥哥来了,立即换上一副很委屈的样子。

明智并不理会她的表演,接着说:

"妙子小姐,现在我就把你的所作所为说给你的哥哥们听,如果有说错的地方请你反驳。

"你原本是奥村源造的亲生女儿,自从懂事起,就一直被你父亲灌输对玉村一家的仇恨。在实施这次的复仇之前,你们已经制定了周密的计划。在湖畔宾馆,你先是装作偶然与我相识,然后说服大家委托我来处理神秘事件,这其实是为了掌握我的行程,从而先发制人,将我控制起来。就在我被绑架的当天,福田得二郎被杀,凶手就是你!凄凉的笛声,撒在尸体周围的野菊花,尽管血腥气十足,但都充满了女性特有的伤感。

"接下来,你和奥村源造里应外合,接连炮制出针对玉村家每个人的阴谋。如果你被怀疑,那奥村源造精心谋划了四十多年的复仇计划就会付诸东流。于是,你下定决心,将自己伪装成第一个受害者。这样一来,你就完美地撇清了自己的嫌疑。谁都不会想到,身负重伤的受害者居然是凶手的同伙。如此心机和手段,实在是让人佩服。

"尽管你总是受伤,但每次都不会危及生命。这首先引起了我的注意。尤其是在地下室的时候,只有你一个人被救了出来,带到了船上。虽然奥村源造的说法是将你扣作人质,但如果计划顺利,玉村一家那时就已经死绝了,要人质又有什么用呢?

"所有看似匪夷所思的事情,只要将你放进去,就都豁然开朗了。比如那些信和便条,原本就是你写的。毒蛇也好,玉村善太郎被杀也好,因为是你干的,所以可以说不费吹灰之力。不明真相的玉村善太郎因为特别担心你,特意把你安排在他隔壁的房间。尽管走廊上有寄宿生值夜,但你是自家人,进出自己父亲的房间谁都不会起一丝疑心的。更何况,那家伙已经被你收买了吧。

"好了,对我说的这些,你有什么要更正的吗?"

"哈哈哈……你说的这些简直就是天方夜谭。自己无能破不了案,就诬蔑我是奥村源造的女儿,你不觉得太过分了吗?"

"别演戏了,我已经调查得一清二楚,还有证人。"

明智以他惯有的平静语调说。

"什么?证人?"

"她是K私立医院的护士。当年,她从奥村源造那里收受了巨额现金,把你和几乎是同时出生的文代小姐调换了。"

"哦?你不觉得这故事太荒诞了吗?二十多年前的事也能成为今天的证据吗?都过去那么多年了,不管你怎么编都行。"

"哈哈哈……你以为我是在诈你吗?证人可不止一个啊。"

"哦,是吗?"

妙子越发不以为然了。

明智打开房门,招呼等在隔壁房间的证人进来。进来的是一个老妇人和一个少年。

"进一!"

妙子不由得惊呼出声。

真　相

"各位，"明智清了清嗓子继续说道："虽然玉村妙子参与了奥村源造的杀人计划，但她是在执行亲生父亲的复仇计划，为冤死的祖父报仇。就她的立场来说，有理所当然的一面，我也同情她。但她不该让进一牵涉其中。为了达到自己的目的，她把进一日夜留在身边，把他培养成了凶恶的野兽。这种行为是不可饶恕的。

"中村君，福田得二郎和玉村善太郎被杀事件的关键就在进一身上。在玉村妙子的刻意培养下，这孩子完全没有道德观念和判断是非的能力。这实在让人不寒而栗。这个看起来跟普通少年并无二致的孩子，其实是一个丧心病狂的怪物。当然，这也不能怪他。他自幼父母双亡，没有机会得到良好的家庭教育。对他来说，自幼相依为命的玉村妙子就是全部的世界，而不幸的是，他从她那里得到的，是一种完全变态的特殊教育。

"福田得二郎和玉村善太郎被害时，我们都是以凶手是成年人为前提思考的，所以才会得出密室杀人的结论，并且百思不得其解。但如果是他的话，完全可以通过门上的换气窗自由出入，一切的难题也就迎刃而解了。

"我来还原一下作案的经过吧。妙子带进一进入被害人的房间，因为他俩都是被害人家庭的成员，自然不会引起怀疑。杀人之后，布置完现场，妙子就把钥匙交给进一，自己先离开房间，进一则在房间里把门锁上，然后从换气窗离开。

"至于那个巨人，其实是妙子让进一骑在自己的肩膀上，披上黑色长袍，好制造凶手作案后逃走的假象，同时给凶杀案增添了一抹诡异的色彩，转移了警方的侦查视线。墙上的手印也是同样的道理。

"妙子小姐,我想我已经说得很清楚了,而且还有两个证人。无论你怎么抵赖狡辩都没用了。还是说,你要让进一再说一遍你们作案的经过?如果你觉得我说得还不够详细,让他现在就演示一下也行。他已经被我收服了,只要是我的命令,他都会不折不扣地执行。"

妙子已经是穷途末路了,苍白的额头上不停地渗出豆大的汗珠,圆睁的双眼血丝密布。她两眼呆滞,一言不发,右手颤抖着摸到了胸前。

"不好!"

明智惊叫一声,同时如箭一般扑了过去。妙子被他猛地一推,一个趔趄摔倒在地。

"你想干什么?"明智夺下她手里的微型手枪,大声训斥道,"事到如今,你还想杀了一郎和二郎,然后自杀?"

"难道我连自杀也不行吗?你太狠毒!太狠毒了!"

妙子扑倒在地嚎啕大哭。

这是毋庸置疑的坦白,是非常清楚的认罪。大宝石商玉村家的大小姐竟然是一个双手沾满鲜血的刽子手。一郎和二郎心情复杂地看着一直被自己当作亲妹妹的妙子的凄惨模样。毕竟三人是从小一起长大的,此时的心情实在难以言喻。

就这样,魔术师奥村源造死了,妙子也锒铛入狱。与此同时,文代终于重获自由。当她得知自己不是奥村源造的女儿,而是宝石商玉村善太郎的亲生女儿时,感慨万千,悲喜交加。

玉村善太郎被害,其事业由长子玉村一郎继承,二郎则积极辅佐哥哥。虽然失去了妙子,但他们得到了文代这个善良的妹妹。

文代不是杀人犯的女儿,也不用生活在背叛亲生父亲的阴影中,开始了全新的幸福生活。

"文代,去事务所上班吧。"

二郎半开玩笑地调侃道。

没想到,打那以后,文代真的成了大侦探明智小五郎的得力助手,开始在明智的侦探事务所上班了。

江户川乱步年谱

1894年　出生

本名平井太郎，10月21日出生于三重县名张市，为家中长子。父平井繁男，时任名贺郡官府书记员。母平井菊。

1897年　3岁

因父亲工作调动，举家搬迁至名古屋市。

1901年　7岁

4月，进入名古屋市白川寻常小学就读。

1903年　9岁

《大阪每日新闻》连载菊池幽芳的《秘密中的秘密》，母亲每晚都会念给他听，从此对侦探故事萌生了极大兴趣。

1905年　11岁

4月，进入市立第三高等小学。协助父亲采用胶版誊写版印刷和发行少年杂志。二年级时喜欢上了押川春浪的武侠冒险小说。

1907年　13岁

4月，升入爱知县立第五初级中学。读到黑岩泪香的《岩窟王》，印象特别深刻。

1908年　14岁

其父开设平井商店，主营进口机械的贸易销售，兼营外国保险代理和煤炭销售业务，并采购全套铅字，印刷和发行《中央少年》杂志。秋天，开始在学校附近租借宿舍，独立生活。

1910年　16岁

与要好同学坐船到中国的东北地区旅行。

1912年　18岁

3月，初中毕业。因喜欢出版事业，与同学到处奔走、筹备。6月，其父开设的平井商店破产倒闭。由于失去了学费来源，没有继续上高中。随父亲坐船到朝鲜马山，从事垦荒和测量工作。8月，只身赴东京勤工俭学，以优异成绩考入早稻田大学预备班，白天上学，晚上寄宿在东京都本乡汤岛天神町的云山印刷厂，逢休息日打工。12月,迁到春日町借宿,业余时间靠誊写挣钱。

1913年 19岁

春,与祖母在东京牛込喜久井町生活,重读黑岩泪香等著名作家写的侦探小说。曾计划印刷和发行《少年新闻报》。8月,预备班毕业,考入早稻田大学经济学专业学习。

1914年 20岁

春,与同学创办《白虹》杂志,利用业余时间阅读爱伦·坡、柯南·道尔等英国作家的短篇侦探小说。为了阅读侦探小说,辗转于各大图书馆,所做的笔记装订成册,称为《奇谈》。

1915年 21岁

其父回国供职于某保险公司,在牛込与全家一起生活。继续阅读外国侦探小说,并悉心研究"暗号通讯文书"的由来、规则和特点。

1916年 22岁

8月,毕业于早稻田大学经济学专业,入职大阪府贸易商加藤洋行。

1917年 23岁

5月,从加藤洋行辞职,在伊东温泉开始阅读谷崎润一郎的作品《金色之死》，执笔撰写电影评论文章。11月，入职三重县鸟羽造船厂电机部，参与内部杂志《日和》的编辑。

1918年 24岁

4月，其父再赴朝鲜工作。与鸟羽造船厂的同事组织"鸟羽故事会"，在各剧场、小学巡回。冬，在坂手村小学结识村上隆子。

1919年 25岁

辞职到东京。2月，与两个弟弟在东京本乡驹达町经营一家旧书店"三人书房"。7月，在书店二层编辑《东京PACK》杂志。11月，开设中华面馆。同年，与村上隆子成婚。

1920年 26岁

2月，入职东京市政府社会局。10月，关闭旧书店，入职大阪时事新报社，担任记者，经常与井上胜喜谈论侦探小说，开始撰写《两分铜币》。

1921年 27岁

3月，长子平井隆太郎诞生。4月，在东京担任日本工人俱乐部书记。

1922年 28岁

8月，辞职后回到大阪府外守口町的父亲家，与父亲一起生活。9月,《两分铜币》《一张收据》完稿,正式向某杂志社投稿,但未被采用。不久,改投《新青年》杂志,经审定采用。12月,入职大桥律师事务所。

1923年 29岁

4月,《两分铜币》在《新青年》刊载,小酒井不木博士长文推荐。7月,《一张收据》在《新青年》刊载,辞去大桥律师事务所工作,入职大阪每日新闻社广告部。

1924年 30岁

4月,关东大地震,全家迁回大阪。7月,在《新青年》发表《二废人》。10月,在《新青年》发表《双生儿》。11月底,离开大阪每日新闻社,成为职业作家。

1925年 31岁

1月,在《新青年》增刊发表《D坂杀人事件》,名侦探明智小五郎首次登场。到名古屋拜访小酒井不木。之后,到东京拜访森下雨村,结识《新青年》派作家。2月,在《新青年》发表《心理测试》。3月,在《新青年》发表《黑手》。4月,在《新青年》发表《红色房间》,与春日野绿、西田政治、横沟正史等作家发起创建"侦探兴趣协会"。5月,在《新青年》发表《幽灵》。7月,在《新青年》发表《白日梦》《戒指》。8月,在《新青年》增刊发表《天花板上的散步者》。9

月，在《新青年》发表《一人两角》，在《苦乐》发表《人间椅子》；其父逝世。10月，成立"新兴大众文艺作家协会"。

1926年　32岁

发表侦探小说《噩梦塔》(直译名《幽鬼之塔》)等多篇作品。12月，在《朝日新闻》上连载《畸心人》(直译名《侏儒法师》)。

1927年　33岁

3月，停笔，与妻平井隆子开设"宿舍租借有限公司"。不久，独自外出旅行，到日本海沿岸、千叶县沿岸等地；10月，到京都、名古屋等地；11月，与小酒井不木、国枝史郎、长谷川伸和土师清二等人创建大众文艺民间合作组织"耽绮社"。

1928年　34岁

3月，出售早稻田大学附近的宿舍。4月，买下东京户塚町源兵卫一七九号的房屋。同年，发表《丑角师》(直译名《地狱丑角师》)。

1929年　35岁

1月，在《新青年》发表《噩梦》。6月，发表处女随笔《恶魔王》(直译名《恐怖的魔王》)。8月，在《讲谈俱乐部》连载《蜘蛛男》。

1930年 36岁

5月,改造社出版《孤岛之鬼》。7月,在《讲谈俱乐部》连载《魔术师》。9月,在《国王》连载《黄金假面人》。10月,讲谈社出版《蜘蛛男》。

1931年 37岁

5月,平凡社出版《江户川乱步选集》13卷。同年,出版《迷重重》(直译名《钟塔的秘密》)、《暗黑星》和《邪与恶》(直译名《影男》)。

1932年 38岁

3月,停笔,带全家外出旅游,先后到过京都、奈良、近江等地。

1933年 39岁

1月,加入大槻宪二创建的"精神分析研究会",每月出席例会,并为该会《精神分析杂志》撰稿。4月,长子平井隆太郎升入大阪府立第五初中学校。同年,好友山本直一辞去博物馆工作,担任江户川乱步的助手。12月,在《国王》连载《红蝎子》(直译名《红妖虫》)。

1934年 40岁

发表《恐吓信》(直译名《魔术师》)、《黑天使》和《不归路》(直译名《死亡十字路》)。

1935年　41岁

1月，平凡社陆续出版《江户川乱步杰作选》12卷。6月，春秋社出版《人形豹》。9月，编写《日本侦探小说杰作集》，由春秋社出版，并发表长篇评论文章。

1936年　42岁

1月，在《讲谈俱乐部》连载《绿衣人》；在《少年俱乐部》连载《怪盗二十面相》。5月，春秋社出版评论集《鬼的话》。12月，讲谈社出版《怪盗二十面相》。

1937年　43岁

1月，在《讲谈俱乐部》连载《噩梦塔》(直译名《幽鬼之塔》)，在《少年俱乐部》连载《少年侦探团》。战争爆发后，政府当局对于出版物的审查越来越严格，江户川乱步的所有小说被禁止出版发行，不得不停止撰写侦探小说。为了生活，江户川乱步借用别名为少年儿童撰写探险小说。后来，当局只允许江户川乱步撰写防谍反特小说，在杂志和报纸决定连载前，必须经过外交部、内务部、警视厅和宪兵机构的联合审查，达成一致意见后方可使用江户川乱步的名字刊登。由于公开抗议，被勒令停止写作，结果只写了一部小说。

1938年 44岁

1月,在《少年俱乐部》连载《妖怪博士》。3月,讲坛社出版《少年侦探团》。4月,新潮社出版《噩梦塔》。9月,新潮社出版《江户川乱步选集》10卷。

1939年 45岁

1月,在《讲谈俱乐部》连载《暗黑星》,在《少年俱乐部》连载《蒙面人》。2月,讲谈社出版《妖怪博士》。

1940年 46岁

2月,讲谈社出版《蒙面人》。7月,因心脏不适住院治疗。10月,与同人创立"大政翼赞会"。

1941年 47岁

7月,非凡阁出版《噩梦塔》。12月,任东京池袋丸山町防空会长。

1942年 48岁

任东京池袋北町会副会长,以"小松龙之介"的笔名连载《聪明的太郎》。

1943年 49岁

与著名作家井上良夫书信往来,交流对欧美侦探小说的看法。8月,开始连载科幻小说《伟大的梦》。11月,东京大学文学部在读的长子平井隆太郎被征召入伍,为其举行送别会。

1944年 50岁

出任行政监察随员助手,后在町会领导下开设军需品加工厂生产皮革制品。

1945年 51岁

4月,家属被疏散到福岛,自己则只身留在东京池袋,继续担任町会副会长。6月,因病被疏散到福岛。8月,在病床上听到裕仁天皇宣布无条件投降,平井隆太郎从土浦飞行队退役。11月,举家迁回池袋。

1946年 52岁

6月,倡议成立"侦探小说星期六研讨会",每月开一次例会。

1947年 53岁

6月,"侦探小说星期六研讨会"更名"侦探作家俱乐部",被选举为第一届主席。11月,到关西等地演讲,普及和推广侦探小说。没有新作问世,但旧作再版达31部。

1949年 55岁

1月,在《少年》连载《青铜怪人》。6月,再度当选侦探作家俱乐部会长。11月,光文社出版《青铜怪人》。

1950年　56岁

1月，在《少年》连载《虎牙》。3月，在《报知新闻》连载《断崖》，为战后首部短篇侦探小说。12月，光文社出版《虎牙》。

1951年　57岁

1月，在《趣味俱乐部》连载《恐怖的三角馆》，在《少年》连载《透明怪人》。5月，岩谷书店出版评论集《幻影城》。12月，光文社出版《透明怪人》。

1952年　58岁

1月，在《少年》连载《怪盗四十面相》。3月，评论集《幻影城》荣获侦探作家俱乐部授予的"第五届优秀侦探小说勋章"。7月，辞去侦探作家俱乐部会长一职，任名誉会长。12月，光文社出版《怪盗四十面相》。

1953年　59岁

1月，在《少年》连载《宇宙怪人》。12月，光文社出版《宇宙怪人》。

1954年　60岁

1月，在《少年》连载《塔上魔术师》。10月，日本侦探作家俱乐部、东京作家俱乐部和捕物作家俱乐部联合主办"江户川乱步六十大寿庆典"，会上正式设立"江户川乱步奖"。《别册宝石》第四十二期杂志作为

"江户川乱步六十周岁纪念特刊"，《侦探俱乐部》十二月号杂志也作为"乱步花甲纪念特刊"。著名作家中岛河太郎编纂和发行《江户川乱步花甲纪念文集》。11月，映阳堂出版《江户川乱步选集》10卷。12月，光文社出版《塔上魔术师》。

1955年 61岁

1月，在《趣味俱乐部》连载《影男》，在《少年》连载《海底魔术师》，在《少年俱乐部》连载《灰色巨人》。5月，举行首届"江户川乱步奖"颁奖仪式。11月，在三重县名张市举行"江户川乱步诞生地"树碑庆贺仪式。12月，光文社出版《海底魔术师》《灰色巨人》。

1956年 62岁

1月，在《少年》上连载《魔法博士》，在《少年俱乐部》上连载《黄金豹》。1月24日，"日本翻译家研究会"成立，出任研究会顾问。2月，出任"日本文艺家协会语言表述问题专业委员会"委员。4月，发表《英文翻译侦探小说短篇集》。8月，接任《宝石》杂志主编。11月，光文社出版《马戏团里的怪人》《魔法玩偶》。

1957年 63岁

1月，在《少年》连载《夜光人》，在《少年俱乐部》连载《奇面城的秘密》,在《少女俱乐部》连载《塔上魔术师》。12月,光文社出版《夜光人》《奇面城的秘密》《塔上魔术师》。

1959年　65岁

1月,在《少年》连载《假面具背后的恐怖王》。11月,桃源社出版《欺诈师与空气男》,光文社出版《假面具背后的恐怖王》。

1960年　66岁

1月,在《少年》连载《带电人M》。4月,出任东都书房《日本侦探推理小说大集成》编辑委员。

1961年　67岁

4月,成为文艺家协会名誉会员。7月,出席"江户川乱步从事侦探小说创作四十周年庆典",桃源社出版《侦探小说四十年》。10月,桃源社出版《江户川乱步全集》18卷。11月3日,荣获日本政府颁发的"紫绶褒勋章"。

1963年　69岁

1月,"日本侦探作家俱乐部"升格为社团法人"日本推理作家协会",被一致推选为第一届理事长。8月,再次当选,坚辞不受,亲自提名松本清张接任第二届理事长。

1965年　71岁

7月28日，突发脑出血逝世，戒名智胜院幻城乱步居士。获赠正五位勋三等瑞宝章。8月1日，在青山葬仪所举行日本推理作家协会葬，墓所位于多摩灵园。

译后记

我1981年8月考入宝钢翻译科从事翻译工作，1982年初开始从事日本文学翻译，1983年2月首次发表日本文学译作。四十余年来，我一直致力于中日民间文化交流，尤其是翻译了日本推理文学鼻祖江户川乱步的作品全集，由衷地感到欣慰和满足。

《江户川乱步全集》共46册，数百万言，历经数个寒暑才翻译完成。回首往事，第一天坐在桌案前写下第一行译文的情景仍历历在目。为了解江户川乱步的创作思想、创作背景和准确把握作品的神韵，除反复阅读其所有小说作品外，我还遍览《侦探推理文学四十年》《乱步公开的隐私》《幻影城主》《奇特的立意》和《海外侦探推理文学作家和作品》等乱步的随笔和评论集。并专程去了坐落在东京丰岛区池袋的江户川乱步故居考察,到日本国家图书馆查阅了有关江户川乱步的许多资料。

为了让更多的人了解江户川乱步,我在《新民晚报》先后发表了《江户川乱步,日本侦探推理文学的先驱》《日本的福尔摩斯》《江户川乱步的起步》《徜徉少年大侦探系列》《徜徉青年大侦探系列》,接受了腾讯视频、东方电视台、《上海翻译家报》、沪江网、日语界以及日本青森电视台、《东粤日报》、《朝日新闻》、《产经新闻》、《中日新闻》的相关采访。

鲁迅说:"伟大的成绩和辛勤劳动是成正比的,有一分劳动就有一分收获。日积月累,从少到多,奇迹就可以创造出来。"我历经数年辛劳翻译的这版《江户川乱步全集》,2004年4月被乱步故里日本名张市政府收藏,2020年10月又被日本驻上海总领事馆收藏,并荣获国际亚太地区出版联合会

APPA翻译金奖，其中的"少年侦探团系列"荣获国家新闻出版总署优秀少儿图书三等奖。

江户川乱步可以说是日本推理文学的代名词，江户川乱步奖是推动日本推理文学作家辈出的巨大动力，《江户川乱步全集》是世界侦探推理文学的瑰宝。希望通过这套《江户川乱步全集》，可以让更多的读者共同享受推理文学的乐趣。

2021年元旦于上海虹桥东华美寓所